光文社文庫

文庫書下ろし

帰郷

三世代警察医物語

新津《にいつ》きよみ

光　文　社

この作品は光文社文庫のために書下ろされました。

目次

三世代警察医物語

帰郷

第一話　検死

1

「信濃の国は」

歌い出しを口ずさんだアナウンサーがマイクを突きつけてきた。

「十州《じっしゅう》に」

美並《みなみ》は、反射的に節をつけて歌詞の続きを返した。

「さすが、信州人ですね」

愛想のよい男性アナウンサーは感心したようにうなずき、「ちなみに、その先は歌えますか？」と聞いた。

「もちろんです」

美並は胸を張って答え、「境《さかい》連《つら》ぬる国にして、聳《そび》ゆる山はいや高く、流るる川はいや遠し」と、声量豊かに歌い上げた。

だが、自信を持って歌ったあと、あれ、と小首をかしげた。なぜ、わたしは長野県歌である「信濃の国」をすらすらと歌えるのだろう。少なくとも、一番の歌詞は諳《そら》んじている。信州で生まれたわけでもないのに。

美並が生まれたのは、東京都杉並区阿佐谷《あさがや》。生まれも育ちも東京なのである。

――わたしって、一体……。

自分のアイデンティティに対する疑問が頭をもたげた瞬間、目が覚めた。

いつのまにか、うとうとしていたらしい。車窓から見た諏訪《すわ》湖の光景までは記憶にあったのだが。当直勤務のあと、続けて外来診療に入ったせいだろうか。そのあいだ数時間仮眠をとっただけだった。

望月《もちづき》美並は、医師になって五年。文京区内の大学病院で内科医として勤務している。専門は消化器内科で、ストレス社会のせいか、胃腸に不調を訴える患者は年々増えており、外来担当の日や検査や手術の入っている日などは昼食もとれないほどの忙しさだ。それでも、久しぶりに連休がとれたのを利用して父親の郷里である長野県大町《おおまち》市に行こうと思い立ったのは、祖父の望月龍太郎《りゅうたろう》が家の中で転んで怪我をした、という知らせを受けたたからだった。連絡をくれたのは龍太郎でも祖母の八重子《やえこ》でもなく、美並の父親の一つ違いの姉、和子《かずこ》伯母さんからだった。隣の安曇野《あづみの》市に嫁いで、会社員の夫とのあいだに二人の息子がいる。

望月龍太郎は、今年七十九歳。美並とはちょうど五十歳の開きがある。もうじき八十歳の高齢だが、「望月内科医院」の院長として、まだ現役で開業医を続けているのだ。

――年寄りは転んだのをきっかけに、文字どおり、坂を転がり落ちるように身体が弱っていく。

医師である美並は、そうした一般的な通説を毎日生身の人間の身体で嫌というほど確認させられているのだから、「そうなのよ。おじいちゃん、転んで足を怪我しちゃったの」と八重子から電話で聞いたとき、〈ああ、これは、いま会っておかねばならない〉と、少なからず青ざめたのだった。

「怪我といってもね、たいしたことはないのよ。捻挫《ねんざ》だから、ちょっと動かずにいれば治るわ」

八重子は笑ってそう言葉を継いだが、そのときすでに美並の心は、信州は安曇野の北のはずれ、北アルプスの山々を望む大町市に飛んでいた。

車窓から見える山並みは、北アルプスの峻険《しゆんけん》なそれらと比べるとなだらかだ。緩やかな起伏を繰り返して北へと伸びていき、その山並みは決して途切れはしない。

――信州は、わたしの第二の故郷。

美並は、心の中でつぶやいた。新宿を七時半に出発する特急あずさ3号に飛び乗った形になった。阿佐谷の自宅で両親と一緒に住んでいるが、今日、祖父母の家に行くことは両親には伝えていない。目覚まし時計をかけて寝たつもりが、連日の睡眠不足のため、目覚ましの音でも起きずに寝過ごしてしまった。大学講師の京子《きようこ》は、学会出席のための出張で家にいなかった。父の研一《けんいち》は家にはいたのだが、アトリエにこもっていて目覚ましの音を耳にしても気にもとめなかったらしい。

祖父母の家にも今日行くことはまだ伝えていない。電話をしておいたほうがいいだろうか。そう思って、携帯電話を手にデッキに出ようと席を立ったとき、

「お客さまの中にお医者さまはいらっしゃいませんか？」

車内アナウンスが聞こえてきて、思わず身構えた。急病人が出ているので、医師がいたら、グリーン車まで来てほしいと言う。

――どうしよう。

小説やドラマではよくあるが、実際にそういう場に直面したのははじめてだ。医師仲間で話題にしたことはある。そのとき、先輩の男性医師は口元を歪《ゆが》めてこう言った。

「うっかり『医師です』と名乗り出てみなよ。適切な処置をしたつもりでも、後遺症が残ってあとで訴訟になったりしたら大変だよ。第一、専門外だったらどうする？　まわりは専門なんて関係ない。医者だからという目で見るだけだよ。医者なら万能で何でも治せる。そう思い込んでいる人も多いからね。つまり、結論は、名乗り出ずに見過ごす。それに尽きるね」

先輩医師の言葉が脳裏をよぎったが、しかし、次の瞬間には美並の足はグリーン車へと動き始めていた。ここが大都会、東京であれば見過ごしたかもしれない。だが、ここは信州。おじいちゃんの郷里で、お父さんの郷里でもある。見過ごすわけにはいかない。

グリーン車に入ると、病人は一目瞭然《いちもくりようぜん》だった。中ほどのリクライニングをきかせた座席に茶色いジャケットをはおった男性がもたれかかり、車掌に「大丈夫ですか？」と呼びかけられている。六十代後半くらいだろうか。白髪交じりの豊かな量の髪で、黒縁の眼鏡をかけている。横向きになり、胸元を手で押さえた彼は、苦しそうな表情で喘いでいる。

大型連休が過ぎ、夏休みにはまだ早い、中途半端なシーズンの平日で、グリーン車内は空いている。ぽつぽつと埋まった座席の乗客が、あちこちから身を乗り出すようにして、不安げに病人を見守っている。中腰になっていたスーツ姿の男性が美並を見て、息を吐き出すようにして座った。

「わたし、内科の医師ですけど」

がっしりした体格の車掌は弾かれたように美並を見ると、表情をわずかに和《やわ》らげた。

「この男性は、胸が苦しいと言っておられます」

「いつからこういう状態で？」

病人の傍らにかがみこみ、素早く脈をとる。すでに、縞模様のシャツのボタンの上部がはずされている。

「近くの乗客の方が知らせてくれたのが五分くらい前でしたか」

「狭心症《きょうしんしょう》の発作かもしれません」

美並は言った。こういう症状の患者は何回か診たことがある。冠動脈《かんどうみゃく》の硬化や攣縮《れんしゅく》によって心筋が虚血《きょけつ》状態に陥ると、胸に発作的な痛みが生じる。患者が痛みを訴える場所は、心臓部より上、胸骨の裏側の部位の場合がほとんどだ。目の前の男性もまさにそこを押さえている。

「身体の向きを変えましょう」

男性の頭を起こし、椅子の背もたれも起こした。仰向けに寝かせると、心臓と下肢の高さが同じになるため、下肢の血液が心臓に流れ込み、心臓の負担が増す。前屈に近い姿勢になった男性が、「うう」と小さくうなった。

「狭心症のお薬、お持ちですよね？」

美並は明瞭な発音を心がけて聞いたが、男性は苦悶《くもん》の表情を浮かべたままうなるだけで答えない。これほどの激しい発作は、本人もはじめて経験するものなのかもしれない。

ハッと思い当たって、シャツの開いた部分から胸元に手を差し入れる。やっぱり、そうだ。美並の手が紐《ひも》状のものに触れた。赤い紐を引き出すと、先にプラスチック製の四角いピルケースがついている。

急いで蓋《ふた》を開け、白い錠剤を取り出す。

——これを舌の下に入れれば、すぐに胸の痛みはおさまるはず。

男性の口を開けさせ、指でつまんだ白い錠剤を口内に入れようとして、美並は一瞬手を止めた。薬を服用させる前には、必ず確認する。その作業を怠ってはならない。

バッグからルーペを取り出して、錠剤の形状を見る。脈が測れる秒針付きの腕時計や小型のルーペ、体温計や絆創膏などは職業上の必需品として持ち歩いている。

レンズ越しに拡大されたマークを見て、美並は息を呑んだ。

違う。これは、狭心症の特効薬である硝酸薬の一種、ニトログリセリンの類《たぐい》ではない。

——なぜ？

頭の中で疑問が渦を巻いたが、疑問を追究している場合ではない。

「発作は十分くらいでおさまると思いますが、念のため、松本《まつもと》駅に救急車を待機させておいてください。患者さんは狭心症の可能性が高い、その処置をお願いします、と伝えてください。携帯していた薬は狭心症の薬ではなく、間違えて用意した可能性があります」

車掌に言い置くと、美並はバッグから名刺を二枚取り出して渡した。そして、「わたしは大町市の『望月内科医院』に滞在していますので、何かあったらそちらに連絡ください。患者さんにもそう伝えてください」と言い添えた。冠状動脈に血液が充分に流れる姿勢を保ち、とりあえず安静にしていれば、大丈夫だろう。

松本駅に到着したときには、発作はおさまっていた。が、予想外の激しい発作に気が動転したのか、男性は悄然《しょうぜん》とした表情で会話をする気力も失っている。胸元に当てた手はそのままで、発作の余韻を引きずっているのかもしれない。発作がおさまっても、しばらく痛みを訴える患者はいる。

「お世話になりました」

男性患者は美並に小声で礼を言うと、ホームに待機していたストレッチャーに乗せられて行った。

急病人が出たため、列車は少し遅れて信濃大町駅に着いた。美並は、ティッシュペーパーにくるんだ白い錠剤をそっとジーンズのポケットにしまった。

2

「狭心症の患者には出会ったことがあるよ」

さすが臨床経験五十年以上のベテラン医師である。望月龍太郎は、あっさりとうなずいて受けた。

「どういう状況で？」

「学会の帰りだったな。同僚の医者と入ったバーで苦しみ出した男性客がいて、すぐに狭心症だとわかった。たまたまその同僚が舌下錠を持っていてね、その男の口にふくませたらじきに痛みは引いたよ」

「そのお医者さん、タイミングよく薬を持っていたわけね。ＭＲから試供品をもらったばかりだったとか？」

「いや、彼自身が狭心症だったんだよ。で、薬をつねに持ち歩いていた」

「それって……」

「医者の不養生、ってやつだな」

ははは、と高らかに笑って、龍太郎はウイスキーの水割りを口に運んだ。

「おじいちゃん、そのくらいにしときなよ」
台所を振り返って、美並は小声でたしなめた。台所では八重子が酒の肴《さかな》を用意してい
る。「怪我をしたときはアルコールを控えること。患者さんにはそう注意しているんでし
ょう？」
「建前はそうだが、おじいちゃんはもういいんだ。この調子で八十近くまで健康でこられ
たんだからな」
気にもせずに水割りを飲んで、龍太郎はまた笑った。
「おじいちゃんったら」
美並は、マイペースで豪快な祖父に苦笑した。医者のくせに煙草も吸えば、休肝日も設
けずに毎日晩酌を楽しむ龍太郎である。よく飲むのはウイスキーだが、日本酒も好きで、
盆暮れに患者から差し入れられる地酒の一升瓶が診療所の廊下にずらりと並ぶこともある。
「幸い、今回の捻挫は軽かったからよかったようなものの、くれぐれも足下に気をつけて
よね」
不摂生はダメだよ、と続けて、美並は愛情をこめて肘掛け椅子に座った祖父を睨《にら》んだ。
左足首を捻挫した龍太郎は、包帯が巻かれた左脚を低い木の台座に投げ出している。その
龍太郎は、和服姿である。美並が物心ついたころから、仕事を終えたあとの祖父は、家の

中では和服に着替えてくつろいでいる。したがって、いまも、裾が割れた紬《つむぎ》の着物の下からは白いステテコがのぞいている。

――わたしのおじいちゃんって、『サザエさん』の波平《なみへい》さんみたいなの。

友達に祖父の容貌を話すとき、美並はそう説明したものだった。頭のほうも波平そっくりで、髪の毛の大半を失った頭皮が艶やかに輝いている。

「ほら、美並の好きなコゴミのおしたしよ」

八重子が台所から伊万里《いまり》焼の小鉢を持って来た。生粋《きっすい》の信州人の八重子は、「お浸し」を「おしたし」と言う。コゴミは、いまの季節、安曇野の至るところで採れる山菜の一つだ。色鮮やかな緑をした葉がぜんまいやわらびのようにくるくると渦を巻いている。

「わあ、わたしの大好物」

美並は、コゴミのお浸しが入った小鉢に箸を伸ばした。しゃきしゃきとした歯ごたえがたまらない。焼き物好きの八重子は、伊万里焼や織部《おりべ》焼の皿を趣味で集めている。

「おまえはまだビールでいいのか？『白馬《はくば》誉《ほまれ》』もあるぞ」

グラスの水割りを飲み干した龍太郎が、「あっただろ？」と、八重子へと視線を移した。

「はいはい、ありますよ。お持ちしましょうか」

心得たもので、八重子は日本酒の瓶を取りに台所へ行く。

「おばあちゃん、ダメだって、気をつけないと。おじいちゃん、飲みすぎじゃない？」

あわてて声をかけた美並を振り返り、

「今日は特別よ。美並が来てくれたんだから、おじいちゃん、つき合ってくれる人ができて嬉しくてたまらないのよ」

八重子が首をすくめて、台所へと行く。白馬誉は地元の酒で、しっかりとした男性的な辛口の味わいが気に入っている。

「じゃあ、お布団を敷いておくわね」

一升瓶を持って来た八重子は、「いいよ。わたしがするから」と腰を上げようとした美並を手で制して、離れの部屋へ向かった。八重子は龍太郎より四つ年下で七十五歳になるが、姿勢もいいし、おしゃれで、とても七十過ぎには見えない若々しさだ。定期的に美容院で髪を染め、いつもきちんと化粧を施している。八重子の昔の写真を見ると、「安曇野一の美人だった」という評判もうそではなかっただろうと美並は思う。

診療所と母屋《おもや》と離れ、望月家はその三棟からできている。敷地が広いので、診療所以外は平屋という贅沢《ぜいたく》な造りだ。美並がこの家に泊まりに来るときは、必ず離れに布団を敷いてくれる。

グラスを軽く当ててから、祖父と孫娘、二人の医師は日本酒に口をつけた。二人とも飲み方の好みも同じで、日本酒はもっぱら常温で飲む。

「おじいちゃん、この薬、わかる？」

八重子の姿が消えたのを見届けて、美並はポケットからティッシュペーパーにくるんだ薬を取り出した。ずっと気にはなっていたが、医師には守秘義務というものがあり、部外者には迂闊《うかつ》に話せないこともある。

「これは……そうだな」

老眼鏡の奥の目を細めて、龍太郎は白い錠剤の刻印を確認した。

「うちでは使っていない薬だな」

「そうかもね」

と、美並は言った。「それ、たぶん、女性ホルモンの薬だと思う」

「ほう、女性ホルモン剤か。そんな薬、おまえのところで出すのか？」

「医学部時代の友達に婦人科に進んだ子がいて、彼女からたまに情報を仕入れているのよ。女性ホルモンが減少して、ほてりや皮膚の乾燥、イライラや不眠などの症状を訴える更年期の女性に処方しているとか。製薬会社のイニシャルとナンバーが入っていて、わかったの」

専門外でも薬の知識は幅広く身につけるように努めている。美並は更年期とは無関係のアラサー世代とはいえ、三十代半ばでプレ更年期症状を示す女性も多い世の中だし、医師であり、女性でもある以上、関心は持っている。

「これがどうした？」

龍太郎の目は好奇な輝きを帯びている。どういう方向に話が展開するのか、大体察知したのだろう。

「グリーン車の男性が携帯していたのよ。ピルケースに入れて、首からぶら下げてね」

「ほう。携帯用のペンダント型ピルケースか。薬屋が見本で持って来たことがあったな」

この場合の「薬屋」とは、病院や医院に出入りして新薬の情報などを提供する製薬会社のＭＲ、すなわち医薬情報担当者を指す。

「そのピルケースの中に入っていたのが狭心症の薬じゃなくて、女性ホルモン剤だったの。変でしょう？」

狭心症の患者には、緊急時にすぐに服用できるようにペンダントタイプのピルケースの携帯を勧めている。市販のものもあるが、車内の男性患者が携帯していたのは赤い紐のついた手作り感のあるタイプだった。

「色や形が似ていて、入れ間違えたんじゃないのか」

おかしいと決めつけた孫娘に、祖父は慎重にほかの可能性を挙げた。

「女性ホルモン剤と間違えるかしら」

美並は、首をかしげた。確かに、美並もよく知っている一般的な女性ホルモン剤は白い丸状の錠剤で、ほかの薬と間違えやすい。ちなみに、硝酸薬の中にも似たような白い錠剤の薬はある。だが、七十歳近い男性が女性ホルモン剤を必要とする理由には思い当たらない。

「家族があやまって、違う薬を入れてしまったという場合もあるだろう。たとえば、奥さんや娘がね」

「じゃあ、薬の管理は本人ではなく、家族がしているってこと？」

言いながら、美並は〈そうか〉と納得もしていた。赤い紐のついたピルケースのペンダントは、家族が作ったものなのかもしれない。ニッケルやコバルトなどの成分で金属アレルギーを起こす患者は、鎖のかわりに紙製や布製の紐を使用している。直接ポケットに入れて持ち歩いたりすると、薬が温まってしまい、湿気を帯びて、数か月で効力を失う場合がある。したがって、包装シートのままピルケースに入れて持ち歩くのを勧めてはいるが、発作時に服用しやすいようにシートから取り出して、むき出しの状態でピルケースに入れる患者も少なくはないのだ。

「忘れっぽい本人のかわりに、家族が管理する。そういうケースもあるさ」

薬の管理の大変さがわかっている龍太郎も言った。

望月内科医院には高齢の龍太郎を慕って、同じように高齢の患者たちが大勢やって来る。中には、認知症を発症したり、症状が進んだりした患者もいるだろう。その場合は、患者の家族に薬について説明しなければならない。高齢の患者や小児の患者が多いため、付き添いの家族が処方箋を持って院外の薬局に行く煩わしさを考えて、望月内科医院ではまだ医薬分業の形をとってはいない。自ら薬品を扱うだけに、龍太郎は薬にはくわしいのだ。

「そうね。家族もまた別の種類の薬を飲んでいたりしたら、そういう薬がごっちゃになって、まったく違うものが紛れてしまった、という可能性も考えられるよね」

「日常的に服用している薬だと、慣れてしまって扱いもぞんざいになりがちだな」

「確かに、慣れは怖いよね。薬の管理はきちんとしないと」

研修医時代を思い起こして、美並の背筋は寒くなった。似たような名前の薬をカルテに記入してしまい、薬の単位を間違えて、何十倍もの量を処方しそうになったことがあったのだ。薬剤師に指摘されて青くなったという若い医師のエピソードも耳にしている。美並の勤務する病院では、投薬ミスを防ぐために、基本的に投薬チェックは二名以上の複数で声を出して行うと決められている。だから、あんな緊急の場でも、錠剤の確認を怠らなかったのだ。女性ホルモン剤を飲ませていたら、どうなっていたか。死に至るような重大な結果は招かなかったかもしれないが、薬によって発作がおさまることがなかったのは間違いないだろう。

「しかし、何はともあれ、彼の発作がおさまってよかったじゃないか。いまだに連絡がないところを見れば、経過は良好なんだろう」

龍太郎は言い、「もう一杯飲みたい気分だが、今日はこのあたりで打ち止めにしておくか」と、グラスを名残《なごり》惜しそうに眺めて珍しく首を横に振った。

開業以来初の臨時休診がよほどその身にこたえたのだろう、と美並は思った。

3

――夜の診察室にはお化けが出る。

小さいころ、美並は本気でそう信じていた。怖いくせに、夜の診察室に入りたくてたまらなかった。父親の姉である和子伯母さんの息子、いとこたちの力を借りて、一緒に忍び込んだこともあった。夏休みになると、和子が息子たちを連れて実家に帰省したからだった。和子の嫁ぎ先は実家から車で二十分もかからない距離だから、泊まる必要もなかったのだが、「おじいちゃんちに泊まる」と子供たちが騒いできかなかったのだ。

診察室の窓にはカーテンではなく、ブラインドが下がっている。そのブラインドの隙間から月明かりが差し込み、院長の龍太郎が座る椅子や、心電図を測られたり、点滴を受けたりするために患者が横たわるベッドや患者が使用する枕をほの白く照らし出す。ついでに、壁に掛けられた、昼間、診察時に龍太郎が着用する白衣もほの白く浮かび上がらせるのだが、その白衣が美並の目には風もないのにかすかに揺れて映ったりするのだった。

　診察室には子供たちを惹《ひ》きつける魅力的な「道具」がいっぱい詰まっていた。しかし、日中、診察室をちょろちょろすると、「ここは神聖な場所なんだから、子供が裸足で出入りしちゃだめ」と決まって看護師さんに叱られる。それで、美並は、いとこ二人と一緒に夜間に忍び込んでじっくり観察したかったのかもしれない。

　しかし、電気を点けると、大人に気づかれる。そこで、電気も点けずに、小さな懐中電灯の明かりを頼りに診察室のありとあらゆる「道具」を点検したのだった。さながら、お化け屋敷の探検である。

　注射器や聴診器、脱脂綿や包帯、歯医者が使うような柄の長い小さな丸い鏡、舌を押さえるのに使うステンレス製のヘラ、血圧計や血圧を測るときに腕を縛るゴムホースや腕用の枕などは、子供にとって格好のおもちゃだった。診察室の隅には、針が定まるまでに時間のかかるアナログの体重計や細かく目盛りが刻まれた木製の身長計があり、美並はいとこたちと体重や身長を互いに測り合ったものだ。壁には子供心にグロテスクで恐ろしげな臓器の写真や図解のポスターが貼られ、眼科医でもないのに視力検査表まで貼られていた。

望月内科医院の診察室には、それらが当時のまま置かれたり、貼られたりしている。もっとも、ポスターの内容は最新情報のものに更新されてはいるが。

「懐かしいなあ」

白いカバーでくるまれた院長の診察椅子に座って、美並はつぶやいた。大人になり、龍太郎と同じ医師になった美並は、もう夜の診察室を恐れたりはしない。電気を消したままで忍び込む必要もない。おもちゃのように見えた医療器具も、名前と使用目的が判明してからはその魅力を失った。口の中をのぞく柄の長い小さな丸い鏡が「喉頭鏡《こうとうきょう》」で、喉の腫れを確かめるためのヘラのような器具が「舌圧子《ぜつあつし》」である。

母屋では、祖父母がすでに寝入っているはずだ。祖父に肩を貸して、母屋の寝室に連れて行ってから、美並は診療所へと足を運んだのだった。母屋とは内廊下でつながっている。途中に鍵のかかるドアはあるが、普段は鍵をかけない。患者が待合室から母屋に入って来るのを防ぐために、昼休みにかけるだけだ。

明るい蛍光灯の下で、美並は椅子を一回転させた。診療所から母屋までは距離があるので、物音は聞こえないだろう。

医薬品を並べた窓側の棚は、スチール製の軽量なものに替わっている。子供のころの記憶にあるのは、木枠が白いペンキで塗られた重そうな棚だった。

部屋を見回した美並は、壁の一点に目をとめた。

風景画が飾ってある。馴染みのある山容は、どこのものかすぐにわかった。

左から蓮華岳《れんげだけ》、爺ヶ岳《じいがたけ》、鹿島槍ヶ岳《かしまやりがたけ》。

大町市のまさにここ、望月内科医院の待合室の窓から見える山並みだ。

——お父さんの絵？

美並は立ち上がって、壁に近づいてみた。金色の額縁に入った油彩画で、大きさは四号だろうか。一号がどのくらいの大きさかは、画家の娘だから知っている。

やっぱり、そうだ。右下に「K・Mochizuki」とサインが入っている。

——おじいちゃんがお父さんの絵を飾っているなんて……。

前回診察室に足を踏み入れたのは半年前だったが、そのときには飾られていなかった絵だ。その意外性にも驚いたが、もっと驚いたのは、人物画が中心の写実画家として知られる「望月研一」が北アルプスの山をモチーフにごく普通の風景画を描いていたことだった。

東の鷹狩山《たかがりやま》あたりからの眺望だろうか。三千メートル級の山の裾野に研一の生まれ故郷、大町市ののどかな山麓風景が広がっている。新緑の美しいころらしい。連なる三山の雪もだいぶ溶けて、雪渓《せっけい》の下から岩肌をのぞかせている。手前の樹木は何だろう。絵のサイズにかかわらず、枝の一本一本、葉っぱの一枚一枚まで微細に描く画法と、十九世紀のフランスの画家で田園風景を得意としたカミーユ・コローを想起させるレトロ調の構図とかすみがかかったような色調に、写実画家としての研一の強烈で独特な個性が表れている。

——どうしてここに？

美並は、この絵がここに飾られるまでのいきさつに思いを巡らせた。研一が直接、龍太郎に送ったとは思えない。研一は、結婚後、一度も生家の敷居をまたいでいないからだ。したがって、研一の妻の京子が送ったとしか考えられない。そして、龍太郎もまた、送られてきた息子の絵を自ら診察室に飾るわけがない。飾ったのは龍太郎の妻の八重子のはずだ。診察室に飾られた絵が息子の作品だと気づいたとしても、龍太郎は気づかぬふりをしているに違いない。

——妻同士の連携プレーか。

そこに思い至って、美並は小さく笑った。生家には寄りつこうとしない研一だが、絵画雑誌から依頼されたスケッチ旅行などで安曇野を訪れる機会は頻繁にある。郷里の山々をモチーフに描きもするだろう。夫が気分転換に描いた風景画の一枚に、妻の京子が目をとめ、「父と息子の積年の確執を埋めるために」と義母のもとに送ったとしても不思議ではない。研一もまた、アトリエから風景画の小品が一枚消えたのに気づいたとしても、気づかぬふりをしているのかもしれない。

「男同士の意地の張り合いか」

さっきの内心の言葉に対比させるように、美並はひとりごとをまたつぶやいた。

もう三十年以上も前になるが、医学部に進んだものの、二年生で中退して、「画家を目指す」と美大に入り直した研一である。当然、開業医の龍太郎は猛反対した。資金援助もするはずがなかった。画家になる、という研一の夢を叶えるために陰で経済的に支えたのが、研一より六歳年上の看護師をしていた京子だった。二人は、いまで言うできちゃった結婚の形で一緒になった。そして、学生時代に生まれたのが美並である。

長男を医者にさせて、ゆくゆくは望月内科医院の跡継ぎにさせたかった龍太郎。父親の気持ちはわかっていたが、それでも画家になる夢を捨てきれなかった研一。

——あの二人、一生、和解しないままに終わるのかしら。

その二人のあいだに挟まれた形の美並は、大きなため息をついた。

4

「あれ？　今日は大先生《おお》、どうしただ？」

看護師の奥平雅美《おくひらまさみ》に呼ばれて診察室に入って来た老人は、白衣を着た美並を見て目を丸くした。

「ちょっと怪我をしまして。今日はわたしが代理で」

美並は言った。奥平が用意してくれたカルテをちらりとのぞくと、年齢は七十七歳。大先生と呼ばれた院長の龍太郎と同世代だ。おお、しんど、とかけ声をかけて、高齢の患者はスツールに座る。

「さっき、そこで昨日は休診だったと聞いたけど、大先生、大丈夫かや」

「捻挫だから、たいしたことありませんよ」

美並は笑って返して、「どうしました？」と椅子を回して患者に向き合った。

「おらのことなんかどうでもいいだでね、それより大先生は？　動けないほど悪いだかや」

「いえ、万全を期して今日と明日休めば、来週からは動けるようになりますよ」

「先生の心配より、林《はやし》さん、ご自分の身体の心配をしてくださいよ」

と、奥平が笑顔でたしなめた。「血圧のお薬、飲み忘れていませんか?」

「飲んでも飲まんでも、えれえ違いはないせ」

「違いはないって、それじゃ……」

と、美並は呆れて言葉を切った。降圧剤など飲んでも飲まなくても同じということか。

それでは、医者にかかる意味がない。

「同じお薬、出しておきますから。飲み忘れないようにしてくださいね」

血圧が高めで定期的に血圧降下剤を取りに来る太目の患者さん、と心のカルテにメモ書きして、美並は医師らしく言った。すると、「若先生、診てくださいよ」と、林は不満そうに口を尖らせてシャツをめくりあげ、たるんだ腹を突き出した。いつのまにか、呼称に「若」がついている。

「聴診器、当ててあげてくださいな」

奥平が美並の耳元でささやいた。

「えっ? ああ、ええ」

老人患者のせり出した腹に聴診器を当て、心音を聞いた。異音はない。

「良好ですよ。あとは、小ズクを出して、ちゃんとお薬を飲むだけです」

聴診器を耳からはずして、美並は方言を交えて言った。小ズクとは、ちょっとしたやる気、という意味だ。

「はい、承知しました」

おどけた口調で受けた林は、シャツをズボンに入れ、身じたくを整えた。

そして、診察室から出て行こうとしたが、思いついたように振り返ると、「若先生は、臨時のお医者さん?」と改めて聞いた。

「ええ、東京から来たんです」

「院長先生のお孫さんですよ。東京からお見舞いにいらしたんです」

「臨時の医師」で逃げようとしていたのに、奥平が余計な情報を与えてしまった。

「へーえ、大先生のお孫さん。そうか、そういえば、大先生には東京に息子さんがいて、その息子さんは……」

言いかけて、林は〈しまった〉という顔をした。そして、「それじゃ、また来るでね」とそそくさと言い添えると、診察室を出て行った。

——お父さんの話題は、この診察室ではタブーなんだわ。

と、美並は悟った。診察中、雑談で息子の話題を出すと、大先生は不機嫌になる。そうしたうわさが広がって、息子の話題は厳禁とされたのだろう。

「勝手が違うでしょう?」

二人になると、奥平がおかしそうに言い、「ねえ、若先生」と、早速さっきの患者がつけた呼称を使った。

「この辺のお年寄りの患者さんは、形だけでも聴診器を当ててほしいんですよ。それで満足するんです。話し相手がほしいだけの人もいますしね。紹介状を持って来るような大学病院の患者さんたちとは違いますよ」

「患者さんの心理は、わたしだってちゃんと勉強しています」

美並は言い返した。医師に必要なのは専門知識と技術だけではない。

――パソコン画面ばかり見ていないで、患者の顔を見なさい。患者の話に耳を傾けなさい。

研修医時代、そう教え込まれた。大学病院の勤務医だろうが、街の開業医だろうが、医師としての基本姿勢に違いはない、と美並は思っている。だが、そのパソコンで管理されている電子カルテをまだ望月内科医院では導入していない。昔から変わらず紙のカルテを使い続けている。昔から変わらずといえば、看護師の奥平もそうだ。開業当初の二十代の独身時代からずっと勤めている。途中、結婚して、出産や育児のために休みをとった時期もあったが、近くに住む母親や同居する義母などの助けを借りながら仕事を続けてきたのだ。美並は、自分の子供時代を知っているこの奥平に頭が上がらない。昼間、母屋の廊下から診療所に駆け込んだ美並たちを怖い目をして叱ったのも、この奥平雅美だった。

「それにしても、どうして、おじいちゃんは『大先生』って呼ばれているの？」

改めて疑問に思って聞いてみた。

「さあ、どうしてでしょう。院長先生より年下の患者さんが増えたからじゃないでしょうか。五、六年前から誰かがそう呼ぶようになって、すっかりその呼び方が定着した感じですよ」

「そうなの。大先生と若先生、か」

美並の頭には、龍太郎と自分ではなく、龍太郎と父親の研一の姿が浮かんでいた。父親にデニムの作務衣《さむえ》のかわりに白衣を着せたら、と想像したのだ。

——お父さんには白衣は似合いそうにないよね。

しかし、うまく想像できずに頭を振った。龍太郎は、その昔、自分が大先生と呼ばれて、息子が若先生と呼ばれる日を夢見ていたのかもしれない。

「若先生、次の患者さん、お呼びしていいですか？」

「はい、どうぞ」

白衣の前を揃えて、美並は椅子に座り直した。次の患者は祖母に付き添われた幼児で、その次の患者は母親に抱かれた赤ん坊だった。いずれも、白衣の美並を見た途端、大泣きした。そして、その次はまた高齢者で、次が「膝が痛い」と訴える中学生の男子。

待合室にいたすべての患者を診終えたときには、十二時を回っていた。土曜日の診療は午前中で終了。それも、龍太郎が七十五歳になってようやく土曜日の診療時間を短くしたのだった。

「若先生、気疲れしたでしょう？」

ふう、疲れた、と内心でつぶやいたつもりが、奥平に正確に読み取られた。

「肩をお揉みしましょう」

「ありがとうございます。やっぱり、何だか勝手が違って」

と、腕を回しながら、美並は本音を吐いた。小児科と内科がはっきり分かれている勤務先の病院では、幼児や赤ん坊を診ることはまずない。内科も美並の専門の消化器のほか、循環器、呼吸器、内分泌、腎臓、血液、と細分化されている。

――いろんな症状の患者を総合的に診るのが開業医だよ。

いつだったか、龍太郎が酒を飲みながらそう語っていたが、まさにそのとおりだ、と美並は痛感した。膝の痛みを訴えた中学生の男の子には、「整形外科の先生に診てもらいなさい」と紹介状を書いて、市内の整形外科医院に送り出した。

「街の開業医の苦労がわかるでしょう？　大先生なんかは、蜂に刺された患者さんまで診てあげるんですよ」

街の開業医は「何でも屋」なの？　と面食らっている美並に、奥平が得意そうな表情で言う。

「おじいちゃんを尊敬しちゃいます」

そう言って、美並は壁のあの絵を見た。研一が描いた風景画だ。おじいちゃんは自分の息子をどう思っているのだろう。そして、お父さんは自分の父親をどう思っているのだろう。そろそろわたしが橋渡しをする時期かしら、などと考えると、少しばかり気が重くなる。

「もう一人、患者さんですけど」

受付担当の上條《かみじょう》えりかが調剤室のドアから顔を出した。窓口のある受付と調剤室とは内部でつながっている。平日は二人で受付などの業務を担当するが、土曜日は交代で出勤する。医療事務の専門学校を出た上條えりかは、結婚退職して東京へ行った事務員のかわりに、去年、望月内科医院に来た。

「えっ、まだいるの？　お腹すいたんだけどなあ」

と、美並が控えめに情けない声を出したとき、

「おう、美並、お帰り」

と、威勢のいい声とともに入って来たのは、いとこの碓井峰雄《うすいみねお》だった。

「何だ、峰雄か」

患者でないのは明らかだ。真っ黒に日焼けして、健康そのものだ。まだ朝晩は涼しいというのにもう半袖のTシャツと短パン姿でいる。

「昨日、こっちに帰ったって聞いたからさ」

峰雄は、山菜をどっさり積んだざるを掲げてみせた。峰雄の視点では、美並が東京に住んでいても、郷里に「帰った」ことになるのだろう。

「これ、母ちゃんが持って行けってさ」

「じゃあ、あっちに回って。もう診療は終わりだから」

美並は、顎の先で母屋を示した。

5

峰雄が持って来たのは、コゴミのほかにタラの芽やコシアブラ、それにモミジガサなどの山菜だった。いずれも少し山の奥に入れば、タラの芽でも自生のものが簡単に見つかる。

美並も小さいころ、いとこたちと一緒に山菜採りに山に入ったものだ。

昼食の席には、家族といとこの峰雄以外に、看護師の奥平と事務員の上條が着いた。都会では考えられないが、土曜日は従業員も一緒に昼食をとってから帰宅する習慣になっている。昼食は八重子が作るときもあれば、出前の寿司やそばをとったりするときもある。

この日は、美並が龍太郎の代理で診察をするというので、八重子がはりきって得意料理の散らし寿司を作った。

「これも母ちゃんから」

峰雄は、食卓に密閉容器を並べた。山菜を調理したものや、ヤマウドの煮物などが入っている。

「タラの芽のおよごし。これ、おいしいのよね。和子伯母さん、お料理が上手だもの」

皿を用意しながら、美並は言った。タラの芽のゴマあえを「およごし」と呼ぶのは、子供のころにこの家で知った。山菜料理ばかりではない。おやきや手打ちそば、塩いかの酢のものやフキの煮物などの郷土料理も、全部、父親の実家で教わった。美並の母親の京子は、埼玉県出身で、早くに母親を亡くし、結婚してすぐに父親も亡くしている。小さいときから、京子は美並を連れて夫の実家へ行き、一人っ子の娘をいとこたちと遊ばせていた。そして、自分は遠慮して泊まらずに帰り、何日かして迎えに来た。ときには、和子夫婦が東京まで美並を送り届けたこともあった。そんな妻の行動を父は黙認していたのだろう、といまになって美並は思う。芸術家の研一である。心の底では、安曇野の自然に触れるのは情操教育にいい、と考えていたはずなのに、父親の龍太郎と顔を合わせたくないばかりに、すべてを妻に任せていたのだろう。

「母親のわたしが教えたんだから、和子は料理が上手なはずよ」

八重子が得意げに言った。

「自慢話はいいから、早く食べよう」

とうに席に着いていた和服姿の龍太郎が急《せ》かした。

「朝から暇で時間をもてあましていたのよね」

八重子がからかう口調で言った。

「明日一日休めば、月曜日からは通常診療ができるぞ」

龍太郎は、強がって言い返す。

「で、大先生の代役は務まったのか?」

サンキュウ、と散らし寿司を盛った皿を美並から受け取った峰雄が聞いた。

「それは……」

どう答えようか、美並がためらっていると、

「どうだった？」と、峰雄は奥平に視線を流した。

「立派にお仕事をこなされていましたよ」

奥平は、躊躇《ちゅうちょ》せずに言い切った。

「勝手が違う。そう思ったんじゃないか？」

しかし、やはり、龍太郎はすべてお見通しだったようで、美並が抱いたとおりの感想をついてきた。

「まあね、小児科に行ってほしいとか、整形外科に行くべきでしょう、って患者さんたちがちらほら来たわ」

「あれ、美並は赤ちゃんが苦手なのか？　怪我くらい診れねえの？」

峰雄は、的外れなことを平気で口にする。

「あのね、医者には専門ってものがあるの。わたしの専門は、消化器内科」

「しょうかきって、あれか？　火を消すやつ」

「バカね、それは火事のときに使う消火器。わたしのは、内臓の消化器。胃とか腸とか」

「ほう、いのしかちょう、か。そういえば、子供のころ、よく花札をやったよな」

「まるで漫才みたい。お二人は年も同じだし、いいコンビですね。昔からそうだったけど、ますますコンビぶりに磨きがかかったというか」

美並と峰雄のやり取りを見て、奥平が笑いながら言った。

「漫才コンビなら相手を選ぶよ」

峰雄が憎まれ口を叩いた。

「それ、わたしのセリフ」

先を越された美並も負けじと切り返した。

「美並先生、帰って来ちゃえばいいのに」

唐突に上條が言った。

周囲の空気が張り詰めたのを感じて、美並はドキッとした。

「あ……ああ、お吸い物をよそうわね」

われに返ったようになり、八重子がレンジのほうへ行った。散らし寿司のときは、三つ葉を浮かせ、卵でとじたお吸い物を作る、と決まっている。

「美並先生がこっちに来れば、大先生も手伝ってもらえて助かるのにね。つまり、Uターンかな。あっ、でも、美並先生は東京生まれで東京育ちだから、Uターンとは言わないのか」

若いだけに、上條は言葉に遠慮がない。

「でもね、わたしもまだまだ新米に近いし、大学病院で修業を積まなければいけないこともあるし、それに何よりも……」

両親の、とくにお父さんの許可をもらわないといけないし、という言葉を美並は呑み込んだ。龍太郎の顔色が変わっているのがわかった。

「まだ……早いよな」

美並の口調と空気の重さを同時に感じ取って、峰雄が助け舟を出した。

ごほん、と龍太郎がうそくさい咳払いをした。

気まずい空気が食卓に流れた。

その場を救うように電話が鳴った。

「わたしが出ます」

電話台に一番近い奥平が、弾かれたように立ち上がって受話器を取った。勤務時間が過ぎていても、看護師の奥平が電話を取ることに家族は違和感を覚えない。とっくに家族の一員になっているのだ。

「はい、そうです。望月内科医院です」

奥平は、歯切れのよい受け答えをする。薬を取りに来るのを忘れた患者だろうか。都会のクリニックと違って、時間外でも融通のきく対応をするのが田舎の開業医である。

「えっ？」

奥平の目が見開かれ、視線が龍太郎でも八重子でもなく、美並へと当てられる。

「ええ、望月美並でしたら、いまここにおりますが」

奥平は、「大町警察署から若先生にお電話です」と、受話器を美並に差し出した。

「警察？　大先生じゃなくて美並に？」

峰雄が眉をひそめ、訝《いぶか》しげな表情で美並を見た。

「はい、望月美並です」

緊張して電話に出た美並は龍太郎を見たが、祖父がかすかにうなずいたような気がした。

「大町警察署刑事課の大久保《おおくぼ》といいます。望月龍太郎先生にはその節はお世話になりました」

大久保と名乗った刑事は、信州訛《なま》りがまるで感じられない口調で滑らかに言った。

「祖父じゃなくて、わたしにご用ですか？」

美並は、しつこく確認した。七十歳まで大町警察署の嘱託《しょくたく》医を務めていたのは、龍太郎である。監察医制度を持たない自治体では、いまだに一開業医が変死体の検死に当たっているのだ。長期の休みに祖父母の家に滞在中、昼夜を問わずかかってくる警察からの電話に、あわててしたくを整えて検死に出かけて行く龍太郎の後ろ姿を美並は憶えている。

「ええ、望月美並先生です」

そう言い切って、「遠藤博信《えんどうひろのぶ》という方はご存じですか？」と、大久保は尋ねた。

「遠藤博信さん？　さあ」

名前に心当たりはない。

「昨日、特急あずさの中で急病人が出ましたよね。狭心症の発作を起こして、松本中央病院に搬送された男性です」

「ああ、その方ですか。名前を確認する前に別れたので」

「これからこちらに来ていただくわけにはいきませんか？」

「警察署に、という意味ですか？」

「そうです」

「その方が何か事件に？」

「葛《くず》温泉の林の中で、ご遺体で発見されたんです。自殺と思われますが、確認をお願いしたいんです」

「それって……」

当然のように言われて、美並は狼狽《ろうばい》した。昨日、会ったばかりの人間が遺体で発見された驚き以上に、遺体を診るという役割を半ば押しつけられた驚きが大きかった。

「ご遺体が望月先生の名刺を持っていたんです。上着のポケットに入っていました。名刺に『大町市の望月内科医院』とメモしてありました。松本の病院のカードもあったので問い合わせたら、昨日の件がわかり、そちらにお電話した次第です」

簡潔な説明のあと、大久保はこう続けた。

「見たところ、首を吊っての自殺と思われますが、こちらで断定はできません。先生に検死していただかないと」

「わかりました」

覚悟を決めて、美並はうなずいたが、ほとんどため息に近かった。

6

遠藤博信の遺体は、大町警察署に運ばれてきていた。一階の霊安室の横の板の間に、青いシートに裸で横たえられていたが、美並が行くまでもちろんシートを被せられていた。

三階建ての白い建物の前で、一度大きく深呼吸してから、美並は大久保に案内されて建物に入った。建物が新しくなったのは十五年ほど前だが、それまでは署内に遺体を安置するような場所はなく、直接遺体が発見された場所に出向いて検死業務を行ったり、遺体を受け入れてくれた寺で行ったり、庇《ひさし》のある中庭で検死したりした、と龍太郎から聞いている。

「迎えに行きましょう」と電話で大久保が言ったのを、「車で行きますから」と断り、峰雄の軽トラックに乗せてもらって駆けつけた。

「院長先生には、大変、お世話になったそうで」

名刺交換をしたあと、大久保はそう言って、「大町署に来て二年目です」と、やはり信州訛りのない口調で続けた。警察署も定期的に異動がある。龍太郎が現役で警察嘱託医をしていた時代を知る者は、もうそんなにいないのだろう。電話では落ち着いた声のせいでもっと年配かと思ったが、実際に会ってみると、まだ三十代半ばくらいの年齢である。

「遠藤博信さん、年齢は六十七歳。東京都世田谷《せたがや》区に住んでいます。所持していた運転免許証からわかりました。家族とは連絡がとれました。奥さんがこちらに向かっているところです」

早速ですが、まずは検死を、と大久保は事務的に美並を案内した。

——この人、生粋の信州人じゃない。

と、美並は直感した。方言を使わず、標準語で話したつもりでも、ちょっとしたイントネーションの違いで信州人だと知れるものだ。そして、自分と同じ匂いを嗅ぎ取った。すなわち、「ちょっとだけ信州人」という匂いを。生まれたのが信州で、父親の転勤ですぐによそに越したのか、あるいは、ルーツが信州なのか。もしくは、大学時代だけを過ごしたとか。

美並は遺体の前にかがみこみ、手袋をはめると、まずは合掌した。縁あって、昨日、特急あずさの中で診た人間が、今日、遺体となって目の前に横たわっている。医師が万能であるわけがない。力及ばず、助けられない命には、医師になって五年目の美並でさえいくつも出会ってきた。が、診た直後に自ら命を絶たれたケースはこれがはじめてである。

眼鏡ははずされ、目は閉じられている。白髪交じりの量の多い髪には、細い枝の切れ端のようなものが付着している。手袋をはめた手でそっと髪の毛のゴミを取り除いてから、美並は首筋の赤黒い傷跡を確かめた。しわが幾筋も寄った首を一周している傷を、指先でたどってみる。死後硬直が始まり、血液が凝固してできる赤い斑点が身体のあちこちに浮き出ている。

検死の経験はない。けれども、知識としては頭に入っている。死後どれだけ時間が経過しているか、直腸内の体温を測って調べる。蛆《うじ》が湧《わ》いていれば、ピンセットでつまんでその体長から推測する。死因を調べるために、心臓血や脊髄《せきずい》液を注射器で採って、分析作業に進ませる場合もある。心臓血を分析すれば薬物の混入がわかるし、脊髄液に血液が混じっていれば、死因が脳内出血などの病気だとわかる。検死のための器具類も持参している。

「何が必要か、わかっているだろうが」と言いながら、電話を切ったあと、龍太郎が奥平に指示して、一つ一つ用意してくれたのだった。

「間違いないですね」

首筋から指を離して、美並は言った。初の検死は、ラッキーなケースと言えるかもしれない、と不謹慎な感想を持つ。

——他人の手が加わらない、明らかな首吊り自殺。

すなわち、縊死《いし》だ。首筋にくっきりとした索条痕《さくじょうこん》があるが、紐状のものを交差したような形の痕跡は見られない。後ろから何者かに首に紐をかけられ、上部に強く引き上げられた場合は、紐をふりほどこうとした際に指にすり傷を作ったりするが、身体のどこにも抵抗したような傷跡はない。

「現場に、睡眠薬の袋やお酒の瓶などは？」

「いえ、見当たりませんでしたが」

美並の質問に、大久保が答える。自殺を図る直前に、苦痛を軽減させるためか、アルコールを摂取したり、睡眠薬を飲んだりする者もいる。

「いちおう採血しますね」

そう断って、美並は祖父の往診鞄から注射器を取り出した。アルコールを摂取したり、睡眠薬を服用していれば、血中に成分が残る。

「検査に回してください」

そして、腕からの採血のあと、注射器ごと大久保に渡す。彼も手袋をはめた手で慎重に受け取り、専用のビニール袋にしまう。地方の警察嘱託医の仕事の範囲はここまで、と以前、雑談のおりに祖父に聞いた内容が役立った。警察嘱託医が呼び出されるのは変死体が発見されたときだから、その中には他殺体も含まれる。しかし、他殺であることが明白な場合は、呼び出されはするが、形式的な検死をしてからすぐに遺体は司法解剖に回される。自殺や事故死や病死の場合であっても、採取した脊髄液や心臓血などの分析は自分では行わず、専門の部署に回すことになっている。

――警察嘱託医ってやつは、遺族が遺体を火葬するための書類作成のためにいるようなものだな。

死体検案書、いわゆる、死亡診断書がなければ、遺体を火葬にはできない。それを記入していいのは医師の資格を持つ者だけだ。一緒に酒を飲んだとき、龍太郎が自嘲ぎみに語ったことがあるが、もちろん、美並はそれだけではないと感じている。

「死後七時間前後でしょうか」

次に、美並が直腸の体温を測定して、死亡推定時刻を割り出すと、

「発見されたのは朝の七時でしたか、温泉旅館に泊まっていた観光客が早朝の散歩に出て林の中で、という形でした」

と、大久保が言った。

「そこまで、遠藤さんはどうやって行ったのでしょう」

ごく自然に頭をもたげた疑問だった。発見される一時間ほど前に命を絶った、ということだ。

「レンタカーを借りたようですね。林に入る手前の小道に、小型車が停まっていました。ナンバーからレンタカーと判明しましたが、いま、遠藤さんの持ち物から昨日の宿泊先やレンタカー会社に当たっているところです」

美並が検死する前から、他殺や事故死ではなく、明らかな自殺、とわかっていたせいだろう。大久保は、緊張があまり感じられない淡々とした口調で報告する。

「現場の写真や所持品は？」

しゃがみこんだ美並は、顔を上げて大久保に要求した。変死体が発見されたときは、警察が着衣時の遺体の写真とともに裸の写真を四方向から撮る、と決まっている。

「どうぞ。こちらへ」

と、大久保が隣室へ美並を促した。自殺というお墨付きを警察医からもらった以上、少しでも早く手続きを終えたい。そういう行動に美並の目には映った。

霊安室の隅にテーブルと椅子が設置され、テーブルの上に自殺者の遺品が並べられている。特急あずさの車内の網棚に載せられていた黒い鞄と、身につけていた衣類や小物類。泥のついた靴はビニールシートを敷いた上にある。

「遠藤さんの所持品です」

信州人が紳士的でないというわけではないが、どこか都会の匂いを漂わせた大久保は紳士的にてのひらで机の上を示した。

「運転免許証があったので、身元がすぐに判明したんです。遺書らしきものは見つかっていません」

何枚もある写真に目を通してから、美並は所持品の一つに手を伸ばした。

「やっぱり、ピルケースがあったんですね」

「ピルケース？」

美並が運転免許証や携帯電話ではなく、その横の赤い紐のついたプラスチックの小さな箱に注目したので、大久保は怪訝そうな顔をした。

「遠藤さんには狭心症の持病があったようです。そういう患者さんは、大抵、すぐに取り出せるように薬を身につけているものです。遠藤さんもそうでしたが、その薬を昨日は使うことができなかったんです」

「どういう意味でしょう」

眉間のしわが消えない大久保に、美並は昨日の電車内でのできごとをかいつまんで説明した。

「じゃあ、違う薬が入っていたってことですか？」

「そう直感したんですが、調べたわけではないので断言はできません。このピルケースの中の薬も鑑定に回していただいていいですか？」

「ご要望があれば、そうしますが」

「わたしの要望があってもなくても、鑑定していただかないと困ります」

思わず強い口調で言い返してしまい、美並はわれながら驚いた。「最初から先入観を持って検死してはいけない。わずかな疑問でも放置するな」と、龍太郎に言われている。それを守っただけだった。

「でも、別に、この薬は毒薬ってわけではないですよね」

控えめな皮肉で受けてから、大久保は小さなため息をついた。自分が知っている警察医とは少し違う、と言いたげな当惑の表情を見せている。

「毒薬とは言い切れませんが、女性ホルモン剤は使い方によっては毒薬になる場合もあり得ます」

大久保をドキリとさせるような発言を返して、「所持品リストは作りますよね？」と美並は聞いた。

「ええ、ひととおり作りました」

大久保は、バインダーに綴じた白い紙を美並に差し出した。

美並は、リストに目を通した。遠藤博信が搬送された松本中央病院から処方された薬も記入されていたので、実物と照らし合わせた。白い袋の中に錠剤が五錠入っていたが、美並もよく知っている狭心症の薬だった。

「一錠、なくなってますね」

美並は、袋の表を見て言った。六錠処方されたことになっている。

「服用したんでしょうか」

大久保がわずかに顔をしかめた。

「どこかに紛れ込んでいないか、所持品をもう一度確かめてください」

服用したのであれば、血液検査の結果からわかるだろう。美並は、「ピルケースに入っていた錠剤が何か、鑑定結果を書き込んで、写真も添付しておいてください」と、大久保に続いてそう指示した。遺体の所持品リストを作成し、写真も残しておくのは、のちに遺族とのあいだでトラブルになるのを防ぐためでもあった。

「安曇野に写生に来たんでしょうか」

リストに「スケッチブック一冊」「色鉛筆ケース」とあるのを見て、鞄の中を確認した美並に、後ろからのぞきこむようにして大久保が言った。

「北アルプスの山並みと山麓に広がる田園風景に魅せられて、このあたり、絵を描きに来る人が年々増えていますからね」

「これは、常念《じょうねん》と、有明《ありあけ》富士でしょうか」

スケッチブックをめくって、美並は言った。鉛筆だけでデッサンされた山並みには見憶えがある。山裾が左右対称に流れる富士山に似た美しい山が手前に大きく描かれ、左に続く山脈のあいだに端整な形の峰が顔をのぞかせている。

「よくご存じですね」

「小さいころから、長い休みのたびに安曇野を訪れていましたから」

「でも、お生まれは東京ですよね。で、お父さんのご実家が望月内科医院とか……」

大久保がやや親しげな口調になったと感じられたとき、

「ああ、これは、どうも」

と、はりのある声が割って入った。部屋に入って来たのは、上背も横幅もある五十代くらいの男性だ。

「署長の荻原です」

　胸をそらせた姿勢の男性は、死体を前にしているというのに満面の笑みで握手を求めてきた。

「このたびは、帰省されてお休みのところをすみませんねえ」

「いえ、たまたま、わたしが昨日診た患者さんでしたから。望月美並です」

思いのほか強く握られた手を引っ込めて、美並は応じた。

「不思議な縁ですよね。いっそのこと、このままうちの嘱託医をお願いできませんかね。おじいさんの望月先生にもお受けしていただいていたことですし」

「それは、どうしてでしょうか」

龍太郎が引退したあと、管轄内に専属の嘱託医はいるはずである。

「実は、いまお願いしている竹村《たけむら》先生が関西のほうへ行かれることになりましてね。早急にどなたか後任の方を探さなくては、と思っていたところでして」

「でも、わたしは、まだ大学病院に在籍中です」

「はあ、そうですか。そうですよね」

打診しておいて、あっさりと荻原は引き下がった。

「まあ、また望月先生のところにご挨拶にうかがいますわ」

「また、と言っても、どう……」

どうにかなるものでもない、と言いかけて、

「ああ、もう終わったのなら、大久保。若先生を望月医院までお送りしてさしあげて」

ふたたび、荻原のはりのある大きな声に遮《さえぎ》られた。すでに、ここでも、「若先生」という呼称が定着している。

「いつまでこちらに？」

洗面所で手を洗ってから、用意された警察署の車に乗り込むと、運転席から大久保が聞いた。

「明日中には帰らないと」

「あずさは……」

時刻表を思い浮かべたらしい大久保に、

「ここからだと長野に出て新幹線で帰ったほうがラクかもしれません。本数も多いですし」

と、美並は言った。信濃大町駅から長野駅までバスが日に何本か走っている。対して、信濃大町駅から新宿直通のあずさ号は日に一本しか走っていない。

「荻原署長はいつからこちらに？」

「十年ほど前に地域課にいて、一度外に出てから、去年、署長になって戻って来ました」

「じゃあ、うちのおじいちゃんのときには？」

「何度もお世話になっていたようですね。その話は、署長からうかがっています」

「大久保さんは二年前にこちらにいらしたそうですが、それまでは？」

「飯山《いいやま》署にいました。新潟に近い、ここよりもっと雪深いところですよ」

「お生まれは？」

その質問に答えるまでには、微妙な間があった。

「横浜《よこはま》です」

端的に答えてからも間があったが、その間を美並が埋めるより先に、「大学がこちらでした。信大です」と大久保自身が言葉を継いだ。

「信州大学ですか」

やっぱり、と美並は思った。学生時代を過ごした信州が好きになり、そのままこちらで就職した、というケースは何件か知っている。

「じゃあ、山もお好きでしょう？」

しかし、それじゃ、当然、と無邪気に向けた質問に、

「ぼくの兄が山で死にました」

と、大久保が答えにならない答えを返したので、それ以上、美並は言葉を続けられなくなった。大久保の兄は山で遭難死したのか？

望月内科医院に到着するまで、二人は押し黙っていた。大久保は、駐車スペースに車を乗り入れて止めた。峰雄の軽トラックはまだそこにあった。

「すみません。余計なことを」

大久保は、ようやく少し気を取り直した様子で言った。「兄とはだいぶ年が離れていたんです」

「あの……」

長野県警の警察官になったのは、その年の離れた兄の死が関係しているのか、と質問したかったが、それこそ余計な質問だと気づき、美並は言葉を呑み込んだ。かわりに、「血液検査とピルケースの薬の鑑定、くれぐれも忘れずによろしくお願いします」と念を押した。

大久保の車が走り去ると、急に全身から力が抜けた。

「美並、大丈夫か？」

待ち構えていたのか、母屋の玄関から峰雄が飛び出して来たとき、美並は軽いめまいを覚えてその場にしゃがみこんだ。生まれてはじめての検死を無事終えた。その緊張感から解放されたせいだったかもしれない。

7

山道を走り慣れているだけに、峰雄の運転は安定感があった。

「まるで、刑事みたいだな」

その運転席から峰雄が言った。「現場を見たい、なんてさ」

「見てどうなるってものでもないけど、とにかく見てみたいの」

「何か不審な点でもあったのか？」

「ちょっとね」

と答えたきり、あとを続けない助手席の美並に、ちっと峰雄は舌を鳴らした。

「何だ、医者の守秘義務ってやつか」

「そういうわけじゃないけど、見てから話すわ」

そう答えて顔を窓外へ向けると、目に痛いほど緑の濃い渓谷が迫ってきている。遠藤博信の遺体が発見された葛温泉のある高瀬《たかせ》渓谷は、県内有数の紅葉の景勝地として知られている。葛温泉には三つしか温泉旅館がないが、美並も何度か日帰りで秘湯と呼ばれるそれらの温泉に入りに来たことがあった。高瀬渓谷をさらに上れば、七倉《ななくら》温泉があり、北葛岳《きたくずだけ》などへの登山口としても親しまれている。

実家で報告を待っていた龍太郎に、「先に行きたいところがあるから」と言い置くと、「葛温泉まで連れてって」と、美並は峰雄に頼んだのだった。

冬季オリンピックの長野開催が決まって以来、この二十年で道路はずいぶんよくなったと聞いている。それでも、雪の多いシーズンにチェーンで傷んだ道幅の狭いでこぼこ道を運転する自信が美並にはない。途中、五、六台連なったトラックの列とすれ違うと、地響きが起こり、思わず身体をすくめた。

「あれは、高瀬ダムから出た土砂を下まで運んでいるんだよ」

峰雄の流暢《りゅうちょう》な説明が始まった。

「七倉ダムも上の高瀬ダムもロックフィルダムなのは同じだけど、高瀬ダムの堤高は百七十六メートルで、黒部ダムについで日本第二位なんだよな。望月内科医院のあたりは標高約七百メートルで、このあたりは標高約千メートル」

「峰雄、観光ガイドができるんじゃない？」

そうちゃかしたものの、内心では郷土愛と数字に強いいとこを尊敬している美並である。

山の高さや湖の大きさなど、地元の地理や産業に関するデータはほとんど頭に入っている峰雄だ。「信州を出て外で働くなんて、一度も考えたことがないよ」と公言していたとおり、峰雄は地元の工業高校を出て地元の石材店に就職し、仕事をしながら、休みの日には自宅の農作業を手伝っている。そういう家庭は多く、峰雄の家も兼業農家で、和子の夫は信州産の野菜や果物を使ったジュースやジャムを作る食品加工会社に勤めている。多いといえば、三世代同居の家庭も多く、峰雄も父方の祖父母と暮らしていて、弟の岳瑠《たける》に結婚では先を越されている。公務員の岳瑠は、同じ敷地内の別棟に住み、子供が一人いる。つまり、峰雄は美並と同い年で、すでに「伯父さん」なのだ。

高瀬川沿いに車を止め、美並と峰雄は車から降りた。勾配《こうばい》のなだらかな緑色の屋根を被せた美術館のような建物が対岸の木立の中に垣間見える。空間を贅沢に使った造りで女性に人気の温泉旅館だ。

「遠藤さんは、このあたりにレンタカーを止めて、歩いて林に入り、そこで命を絶ったのよね」

大久保に見せられた写真を思い浮かべて、美並はあたりを見回した。さすがに標高千メートルともなると、吹く風は冷気すら含んでいる。しかし、鳥のさえずりがあちこちから聞こえてくる新緑に覆われた渓谷は、やはりのどかな雰囲気に包まれている。

「こんな風光明媚《ふうこうめいび》なところで」

と、思わず美並はつぶやいた。

「どうして、自殺したと思う？」

「どうしてって、その男、病気だったんだろう？　病気を苦に、将来を悲観して自殺したんじゃないの？」

白い紐で目印がつけられたアカマツの大木を見上げて質問した美並に、峰雄は不意を衝かれたような顔を振り向けた。

「どうして、信州を自殺の場所に選んだのかしら」

「信州の自然が好きだったんだろう。安曇野や北アルプスが」

「好きなのはわかるわ。安曇野に写生に来たみたいだから」

「好きな地に来て、好きな絵を描いてから、あの世に旅立ったんじゃないの？　山懐に深く抱かれて」

珍しく文学的な表現をして、峰雄は深呼吸するように両手を広げた。

「奥さんには何も言わずに？」

「えっ？」

「遺書が見つかってないのよ。奥さんが東京からこちらに向かっているって」

「死ぬ前に、携帯で『さようなら』でも言ったんじゃないの?」

「だったら、大久保さんが調べたはずよ」

所持品の中には携帯電話があったが、遺書らしきものが入っていれば、大久保がそう報告したはずだ。

「何だか、こっちに来てから死ぬことを思い立った、そんな気がするの」

「どういう意味だよ」

と、峰雄が太い眉を寄せる。

信州から一歩も外に出ない峰雄は、都会の若い男のように眉を細く整えたり、髪の毛にムースをつけたりはしない。自然のままが好きといえば聞こえはいいが、要するに不精なだけなのだ。そこは、雑誌からつねに最新ファッション情報を取り入れている弟の岳瑠とは違う。

「現場に来てみたら、亡くなった人の気持ちがわかるかな、と思ってね」

ふう、と美並は息を吐きながら、生い茂る木立に丸く切り取られた青空を見上げた。木立のあいだから柔らかな光が降りそそいでいる。樹液の香りが鼻腔《びこう》に広がる。

「そういうドラマがあったよな。死んだ場所にその人の想念が残っている、って物語」

そう受けて、峰雄は小さく身震いした。幽霊は怖い、とも公言している男だ。

た。

「で、何か感じる？」

「無念な思い、は少しだけ感じられる」

と言って、美並は、昨日からのできごとや自分がつかんでいる情報を声に出して整理した。

「昨日、遠藤さんはあずさの中で、狭心症の発作を起こした。ピルケースは携帯していたけど、中に入っていた薬は発作を抑える薬ではなかった。わたしが見たかぎり、あれは女性ホルモンの薬だった。とすれば、更年期の女性、もしくは、骨粗しょう症の予防薬としてそれ以降の年代の女性が服用するのが自然。自分、もしくは家族が間違えて薬を入れた可能性が考えられる。遠藤さんには奥さんがいる。奥さんが自分の服用していた薬を間違って詰めたのかもしれない。だけど、間違えた、と断定はできない。誰かが故意にそうしたという可能性も否定はできない。発作が起きても薬がすぐに服用できない状態は、命にかかわる。場合によっては、命を落としかねない。誰かが意図的にそういう状況を作り出したとしたら。そして、それが身近な人間だったら……。たとえば、奥さんとか。それに気づいた遠藤さんが、信じていた妻の裏切りに絶望して、旅先で命を絶ったという可能性も考えられる」

「おいおい、そういうシナリオかよ」

峰雄は、頓狂な声を上げて首をすくめた。「それじゃ、まるで、推理小説じゃないか」

「でも、遺書がなければ、自殺の動機はわからないでしょう？」

「そうかもしれないけど、憶測だけじゃな。そう、いまのは、美並の推理じゃないか」

「そうよ。わたしの憶測、わたしの推理よ」

美並は認めて、「だけど」と声を大きくした。「おじいちゃんに言われたのよ。わずかな疑問でも放置するな、ってね」

「ふーん、じいちゃんにねえ」

峰雄は、遠い昔を思い起こすような目をして言った。

「美並の父ちゃんとうちの母ちゃん、同じ親から生まれたとは思えないくらいできが違うんだよな。母ちゃんによれば、美並の父ちゃんは、小さいころから勉強ができて、自慢の秀才だったって。だから、大学の医学部にすんなりと入れた。それに比べて、うちの母ちゃんは勉強嫌いで、山を走り回ってばかりいたって。おかげで、キノコが見分けられるようになったり、草花の名前に強くなったりしたけど、よかったのはそれだけ。そう言っている。で、高校を出るなり、早々と同級生の男と結婚して、俺と岳瑠を立て続けに産んで。美並の父ちゃんは、最終的には医者にはならなかったけど、かわりに美並が医者になった。俺は母ちゃんと同じで勉強嫌い。共に、親の頭がそっくり子供に受け継がれたんだな。まあ、うちの場合は、岳瑠はちょっとばかり俺よりも頭はいいけどな。だから、教師にもなれた。つまり、美並には望月のじいちゃんの血が色濃く流れているってわけだ」

「お料理上手な和子伯母さんのことは、わたし、大好きよ」

「まあね、人間、何か一つくらい、いいところはあるさ」

峰雄ははにかむような笑いを見せて、「あの話だけどさ」と話題を転じた。

「あの話って？」

「こっちにUターンするって話」

「ああ。でも、あれは、峰雄が『まだ早い』って言ってくれたじゃない」

「そう言わないといけない空気を感じ取っただけでさ。本当は、俺も美並が帰って来ればいいと思ってる。最近、Uターンする人間が増えてきてはいるんだよ。といっても、空き家の数のほうが上回っているけどね」

「空き家？」

「子供が都会に出たまま帰らず、年老いた両親が死んで、そのまま空き家になるケースのことだよ」

長野県にかぎらず、全国的に空き家が増えているという記事は新聞で目にしている。施設に入る一人暮らしの高齢者の急増や就職難による若者の田舎離れなどが原因で、地域の集落の過疎化も深刻な問題になっているという。

「まあ、それは別問題として、望月のじいちゃん、もう年だしな」

「年ってことはないでしょう。長野県は長寿県。百歳まで現役で開業医をしている人もいるわ」

「そういう人はいても、警察医までできる医者はそうそういないよ」

警察医、と言われて、美並は考え込んだ。警察医、すなわち、警察嘱託医はいつどこに検死に呼び出されるかわからない。肉体的にきつい仕事ではある。龍太郎も七十歳で警察嘱託医を引退している。

「おじいちゃんが何か言ってたの？」

警察署に呼び出されていたあいだ、家庭内で何らかの話し合いが持たれたのか。

「いや、とりたててそういう話題は出なかったよ。というより、じいちゃんは黙ったきりだった。あれは、すべて美並の意志に任せる、そういう態度なんじゃないのかな。ほら、美並の父ちゃんのケースがあるからさ。結局は本人の意志次第。じいちゃん、そのことは身にしみているんだよ」

医学部を中退して、美大に再入学し、画家になった美並の父親、研一のことだ。画家として活躍する研一は、現在、卒業した大学の教授職にも就いている。一家を成したわけだから、親子で和解してもよさそうなものだが、いまだに二人のあいだでは絶縁状態が続いている。

「美並のしたいようにすればいい、と俺も思っている。だけど、やっぱり、あの望月内科医院をじいちゃん一代で終わらせるのはもったいない、とも思うんだよな。いや、俺だけじゃなくて、みんながそう思っているはずで……」

美並の真剣な表情にぶつかって、峰雄はその先を続けるのをやめた。

――望月内科医院、か。

美並は、心の中でつぶやいた。もともとは、農業を営んでいた望月龍太郎の生家で、先祖代々田畑を含む広い敷地を有していた。龍太郎の両親は、一人息子が「医者になりたい」と言い出したのに驚きはしたが、成績優秀の息子の将来を考えて、土地の一部を売って国立大の医学部に進ませ、医者にさせて病院で臨床経験を積ませたのちに、息子と隣村から迎えた安曇野一の美女と評判の嫁と、二人のあいだに生まれた可愛い子供たちのために自宅を改築して、「望月内科医院」を開業させたのだった。そして、診療所の経営が軌道に乗ったのを見届けたかのように相次いで亡くなった。

「望月内科医院の今後は、わたしなりに真剣に考えてるわ」

美並は、気持ちを言葉に表した。院長の祖父は高齢である。今回、駆けつけたのも龍太郎が怪我をしたからだった。空白になる警察医のポストにも就くように請われている。いまなら、祖父に教わりながら、祖父の助けを借りて、開業医と警察医を両立させられるのではないか、と思っている。いや、高齢の祖父がいつまた倒れるかわからない。いましかそのチャンスはないのでは、とさえ思っている。

「でも、もう少し時間がほしいの」

美並は、幼なじみでもある同い年のいとこに言った。

8

翌日、朝食を済ませた美並は、安曇野市穂高《ほたか》の峰雄の家まで祖父に借りた車を走らせた。「ブルーベリー、持って行こうか？」と、早朝に伯母の和子から電話があったのを、「わたしが摘みに行く」と答えるなり、表に出たのだった。ブルーベリーの最盛期は七月から八月だが、品種によっては早摘みのものもある。都会で暮らしていると、ブルーベリーを摘む機会などめったにあるものではない。信州産の果実で作るジャムは、美並の大好物だった。

日曜日だが、急に仕事が入ったとかで、峰雄は早朝から松本へ出かけていた。縄手《なわて》通りに近い場所に建設予定の物件にかかわっており、そこの礎に使う石材の調達を任されているらしい。同じ敷地内に住む岳瑠の家族も外出中のようだった。

「いいから、まっと持って行き」と、和子からブルーベリーを二キロも持参したかごに詰められて、美並は龍太郎の家に戻った。

玄関に入ると、女性もののベージュの華奢《きゃしゃ》な靴が揃えてあった。一見して、二十四センチの美並より二センチは小さいサイズだ。

「東京からお客さまがいらしているんだけど」

迎え出た八重子は、玄関脇の応接室へと視線を向ける。銀行や製薬会社からの来訪者の多い望月家では、客人を通すための独立した洋間がある。

「わたしに？」

と問うと、八重子は何とも複雑そうな表情になって、

「望月先生はいらっしゃいますか？　と聞かれたので、おじいちゃんのことかと思ったんだけど、そうじゃなかったみたいで」

と続け、ドアを開けて促した。

長いソファに女性の客人が座り、斜め前の一人掛けの椅子に和服姿の龍太郎がオットマンに足を載せた格好で座っている。

「ああ、孫娘です。望月美並です」

美並を見るなり、肘掛けに体重を託し、無理な姿勢で立ち上がろうとした龍太郎を「どうぞ、おじいさまもここにいらしてください」と、女性の客人が両手を振りながら止め、自分が立ち上がった。四十歳くらいに見える女性で、靴に合わせたようなベージュ色のワンピースに紺色のジャケットをはおっている。

「こちら、東京からいらした遠藤さんだよ」

「遠藤佐智子《さちこ》です」

遠藤、と聞いて、ハッと思い当たる。遠藤博信の家族か。

「夫がお世話になったそうで」

遠藤博信は六十七歳だった。年齢的に考えて、娘か、と思っていた美並は拍子抜けした。まさか妻とは……。

「このたびは、お気の毒なことに。お悔やみ申し上げます」

そう言って、美並は龍太郎の正面の肘掛け椅子に座った。

「こちらこそご迷惑をおかけしました。まさか、こんなことになるとは……」

遠藤佐智子は言葉を切って座り、目を伏せた。手には白いハンカチが握られている。八重子が用意したのだろう、テーブルには抹茶と松本の老舗和菓子店の真味糖《しんみとう》が伊万里の小皿で出されている。

「こちらへはいつ？」

「昨日の夕方、まいりました。警察署へ行って、いろいろ夫の行動をうかがって、お世話になった松本の病院へ行ったり、宿泊先の安曇野の宿に行ったりしてから、こちらに。望月先生には、一昨日、あずさの中でもお世話になったとか。それなのに、昨日、あんなことに。主人の亡骸には会いましたが、まだ夢を見ているみたいで信じられません」

遠藤佐智子は目を伏せたまま報告を始め、「望月先生」という箇所で最初に龍太郎を見て、それから美並に視線を移した。まぶたと頰に薄くぼかした色をのせている。

「わたしは、一昨日、特急あずさの中で発作を起こしたご主人を診ましたが、そのあとのことは知らないんです。それからご主人はどうしたのですか？」

「もうご存じだとは思いますが、主人には狭心症の持病があったんです。運ばれたのは松本中央病院でした。でも、望月先生が乗り合わせて、適切な処置をしてくださったおかげで、入院する必要もなかったんです。発作はすでにおさまっていましたし。家族に知らせるまでもないと思ったのでしょうか。診察を受けていつもの薬を出されてから、すぐに解放されたそうです。それから、予定どおり、池田町《いけだまち》の旅館にチェックインして、タクシーで穂高まで行っています。そこでレンタカーを借りて、山が一番きれいに見える場所まで行って軽くスケッチしたのでしょうか、夕飯までには宿に帰っています。それから、一夜明けた昨日の朝早く、そのレンタカーでこちらまで来て、葛温泉のあんな場所で……」

その先はとても続けられません、というように遠藤佐智子は頭を振り、手にしたハンカチを握り締めた。

「旅行の目的は何だったのですか？」

「スケッチ旅行です。主人は、油絵を本格的に習い始めたばかりでした。それまでは、水彩画を描いていたんですが」

美並の質問に、ためらうことなく遠藤佐智子は答えた。目的がはっきりしていたということだ。しかし、それにしては、デッサンの枚数が少ない。三枚程度しか描いていなかった。それも、せっかく色鉛筆を持って行ったのに、彩色はされていなかった。

「あまりデッサンされていなかったように思いますが」

率直に疑問をぶつけてみると、

「列車の中で発作を起こしたことがよほどショックだったんでしょうか。それで、意気消沈して描く気力をなくしたのかもしれません」

今度も、遠藤佐智子は考える間もなく答えた。

正面の龍太郎と顔を見合わせた美並は、祖父の顔色から自分と同じ気持ちを読み取った。

——発作を起こした直後から、遠藤博信の中で自殺へ向かうような悲観的な感情が生まれていたのではないか。

「ご主人と連絡はとられなかったんですか？」

「一度、主人の携帯に電話しました。一昨日の夜でしたか。でも、お風呂にでも行っていたのか、出なかったんです。折り返し、電話もかかってきませんでした」

遠藤佐智子は、その時点ですでに死を覚悟していたのでしょう、と続けるかのようにふたたび頭を振った。

「奥さんは、スケッチ旅行にはご一緒されなかったんですか？　ご主人、奥さん同伴じゃなくて寂しかったのでは？」

穏やかな口調で聞いたのは、それまで黙っていた龍太郎だった。

「わたしも行きたかったんです、本当は」

すると、遠藤佐智子は、胸をつかれるほど強い口調で言い返した。「一緒に行きたかったんですけど、このところ体調がすぐれなくて。突然、ほてりやのぼせに襲われたり、動悸《どうき》が激しくなったり、めまいがしたりで……」

「更年期障害、ですか？」

「ええ、そうです」

美並が口にした病名に、その言葉を待っていたというふうに遠藤佐智子の声が弾んだ。その瞬間、彼女の顔色がワントーン、明るくなったように見えた。

「更年期には個人差があると言われていますけど、失礼ですが、遠藤さんは？」

「今年、四十七になります。主人とはちょうど二十歳、年が離れているんです」

早口で美並に答えると、遠藤佐智子は傍らのベージュ色のバッグから小さいケースを取り出して、テーブルに置いた。

「ピルケースですね」

取り上げた美並に、「そうです」と深くうなずいてから、遠藤佐智子は早口を保って説明を続けた。

「主人用に買うときに同じものをもう一つ買いました。バッグに入れているとお守りになると思ったんです。金属アレルギー持ちの主人のために、ピルケースを吊るす紐もわたしが手作りしました。主人はもともと視力が弱かったんですが、そこに老眼も加わって、薬が見分けられなくなっていました。狭心症の薬のほかに胃薬を処方されて飲むこともあり、種類が増えたことから、薬の管理はわたしがするようになったんです。薬はクリニックでもらう袋から出して、包装シートごとわたしの薬と一緒にお菓子の空き缶に入れていました。あの朝、旅に出るからと、シートから薬を取り出してピルケースに詰めたんですが、急いでいたのか、うっかりシートを取り違えてしまって。主人の薬もわたしの薬も同じ錠剤タイプで、色も同じ白なんです。望月先生は、そのことにお気づきになったんですよね？　松本の病院の先生からうかがいました」

望月先生、と呼ばれて、美並が反射的に龍太郎を見ると、祖父は思いのほか真剣な表情をしている。

「申し訳ありません」

遠藤佐智子は、身体を硬直させて深々と頭を下げた。最初は美並に、そして龍太郎に向かって。「大事な薬を入れ間違えるなんて。わたしのせいです。わたしがいけないんです」

「どうぞ、頭を上げてください。ご主人の発作はおさまって、大事には至らなかったじゃないですか」

自分を責める彼女に、美並はふと違和感を覚えた。

「ええ、幸いにも。でも、お医者さまが乗り合わせていなくて、発作がもっと大きかったら、薬を携帯していなかった主人はどうなっていたか……。たまたま運がよかっただけなんです」

「ご主人のご病気はいつからですか？　ご主人、病気のことで悩まれていたんですか？」

「発症したのは五年前で、わたしたちが結婚したあとでした。この半年、小さな痛みが増えていて、『いつ、大きな発作があるかわからない。もしもの場合を考えると、君の将来が心配でたまらない』と、主人は申しておりました」

「お子さんは？」

「いえ、わたしたちには」

美並の質問に頭を振ると、遠藤佐智子は寂しそうな笑みを口元に浮かべて続けた。「主人は前の奥さんを二十年以上も前に亡くしています。わたしとは再婚なんです」

再婚と知って、美並は龍太郎と顔を見合わせた。龍太郎も、やっぱり、そうだったのか、と合点したような顔をしている。

「更年期の症状はいつからですか？」

美並は、遠藤佐智子本人の体調に観点を戻した。一般的に、閉経の前後五年間を「更年期」と呼ぶが、出産経験のある女性とない女性では症状の現れ方に違いが生じる。とはいえ、両者ではっきりした違いはなく、個人差が大きいのも更年期の特徴だ。

「去年から医者にかかっています。ホルモン療法を勧められて、女性ホルモンのお薬を飲んでいます。それが、今回、主人のピルケースに間違えて入れてしまった錠剤です」

大久保に錠剤の分析を依頼しているが、結果を待たずとも、遠藤博信の妻の口からそれが女性ホルモン剤であると告げられたわけだ。

「それで、その薬はよく効いていますか？」

唐突に龍太郎が医者らしからぬ質問を向けたので、美並はちょっとあせった。

遠藤佐智子も驚いたらしく、一瞬、訝しげな顔をしたが、

「ええ、もちろん、効果はありますよ。服用するようになってから、ほてりやのぼせがだいぶおさまりましたから」

と答えた。

「そうですか。しかし、あなたは、体調が悪くて、ご主人のスケッチ旅行には同行されなかった」

「それは、まあ、万能の薬ってわけじゃありませんから、ここ最近はまたちょっと具合の悪い日もあって……」

「身体が薬に慣れて、効き目が鈍くなることもありますからね」

口ごもった遠藤佐智子に助け舟を出す形にはなったが、内心、美並も彼女の言動に納得のいかないものを感じ始めていた。

「主人はわたしより二十歳も年上でしたから、いざ介護となったときのためにも、わたしが健康で元気でいないといけない。更年期のつらさも乗り越えないといけない。そう考えて、ホルモン療法を始めたんです」

最後に、そう補足すると、遠藤佐智子は立ち上がった。

「とにもかくにも、このたびは大変お世話になりました。本当にありがとうございました。警察の方に、主人を検死してくださった先生がこちらに帰省されているとうかがって、ご挨拶してから主人を連れ帰ろうと思ったんです」

玄関先で再度謝辞を述べると、遠藤佐智子は、八重子が電話で呼んだタクシーに乗って帰って行った。

応接間に戻った美並は、「驚いたよね」と龍太郎に言って、大きなため息をついた。

「若い後妻さんだなあ」

と、龍太郎は、驚き以外に感心を含んだような表情で頭を左右に振った。

「若さにも驚いたけど、あの奥さんの落ち着きぶりにも驚いたわ。おじいちゃん、あの人、何だかすごくきちんとしていたと思わない？　アイシャドウや頬紅までつけていたし、靴とバッグがお揃いで、ワンピースの色まで合わせていたし、握っていたハンカチは少しも汚れていなかった。取るものも取りあえず駆けつけた、といった印象は受けなかったよね」

旅行先で突然夫に自殺されたら、普通は気が動転してしまい、いつもの手順で化粧をしたり、服や小物をバランスよく選んだりする心のゆとりはなくなるのではないか。

「ほかには？」

と、龍太郎が聞いた。

「どうしてうちに来たのかしら、というのが真っ先に抱いた疑問ね」

「そうだな。警察で昨日のことを聞いたり、あずさの車内でのできごとを聞いたりして、検死をした医者の家に礼を言いに行こうと思い立った。いちおうそういう理由づけはできるが、普通は、夫の死でパニックになっていたらそこまで気が回らないだろうね。あれはまるで、様子を探りに来た、そんな感じに見受けられたな」

「様子を探りに来た？」

「彼女はこう考えたんじゃないかな」

腕組みをして眼鏡の奥の目を細めた龍太郎は、美並が子供のころに読んでいた推理小説に登場したアームチェア探偵に似ていた。ただし、その本の挿絵にあった探偵の髪の毛はふさふさしていたが。

「自殺した夫を検死した医者は、ピルケースの薬が狭心症の薬ではないと気づいたらしい。薬を包装シートから取り出してあったことについても、医者は不審に思ったはずだ。警察に伝えたかもしれない。それはまずい。疑いを晴らしておかねばならない。まずは医者の家に行き、妻の自分が薬を取り違えて詰めたことを伝えるのだ……」

「『故意にやったのではありません。あくまでもわたしのミスで、年の離れた夫にひとかけらの殺意も抱いてはいませんでした』、まるで、そう伝えに来たみたいな感じを受けたよね」

美並は、はっきりと「殺意」の二文字を盛り込んで、祖父の言葉の先を引き取った。

「自分の身の潔白を伝える相手は多いほどいい。それで、おじいちゃんにも同席してもらったんじゃないかしら」

「しかし、おまえの検死報告を聞いたかぎりでは、彼女の夫が自殺したのは間違いないぞ」

龍太郎は、やや顔色を曇らせた。

「ええ、あれは紛れもなく自殺だったわ」

「だったら、たとえ、彼女が夫に殺意を抱いていて、薬を故意に取り違えたとしても、それが直接死に結びついたのではない、という結論になる。それがどういう意味か、美並、おまえにはわかるよな」

龍太郎の目に凄みのようなものが宿ったので、美並は「わかってる」とうなずいた。この検死はこれで終わり。これ以上、騒ぎ立てるな。そういう意味だ。

「でも」

と、美並は逆接の接続詞を強調して、その先を続けた。「わたしが引っかかっているのは、わたしが診たあとに遠藤さんが自殺を思い立った、という点なのよ。もし、旅行に出る前から病気を苦に自殺を考えていたとしたら、それこそ、薬なんか持たなくても、途中で捨ててもいいわけだし。発作を起こして、そのまま逝ってしまうのが本人にとって一番よかった。発作のあとの遠藤さんの心がどういうふうに変化したのか、わたしはそれを知りたいだけなの」

「おまえの知りたいことはわかったよ。だが、それは、警察医の仕事の範疇《はんちゅう》じゃない」

大きくかぶりを振って、龍太郎はこちらも大きなため息をついた。

9

「博信さんが亡くなったの」

と、電話で佐智子から聞いたとき、もちろん、紀香《のりか》は驚愕した。だが、驚愕はしたものの、頭の片隅で、〈やっぱり〉と妙に醒めた受け止め方をしていた自分もいた。佐智子さんと結婚した以上、父の人生はひと筋縄ではいかない、波瀾万丈《はらんばんじょう》のものになるに違いない、と心のどこかで思っていたのだった。

しかし、まさか、自殺という結末が用意されていたとは思わなかった。

そして、「自殺」の二文字を耳にした瞬間、漠然と予感していた死だからと受け入れたものの、〈そんなはずはない〉と、頭のもう一方の片隅できっぱりと否定したのだった。

――お父さんが自殺するはずがない。

亡くなったことを最初に告げておいて、こちらの驚きを確認してから、「自ら命を絶ったのよ」と、その死が自殺という形だったともったいぶって告げたやり方も気に入らなかった。

いや、もともと、紀香は、佐智子の存在そのものが気に入らなかったのだ。

父親と佐智子との結婚には、最初から反対していた。父親は再婚で、佐智子は初婚だった。二人の年齢差はちょうど二十歳。

「再婚を考えているんだが」

紀香が父親の博信から切り出されたのは、七年前だった。紀香が中学生のときに妻を病気で失って以来、博信は一人で娘を育ててきた。

再婚の決意をしたとき、博信は長年勤めてきた大手洋酒会社を辞め、定年後の生活に入ったばかりだった。大学で取得した栄養士の資格を生かして食品会社に就職した紀香は、職場のある横浜で一人暮らしをしていた。コンビニを利用する単身世帯や核家族向けの惣菜開発の部門に配属された紀香は、新商品開発に多忙を極め、仕事に生きがいを感じているうちに、気がつくと男性と真剣な交際をしないままに三十代に突入していた。資格を身につけようと思ったのは、一人娘の成人式の晴れ姿を見ることなく逝った母の影響が大きかった。

「紀香、いい？　何か一つ誇れる資格を身につけなさい」

母は、そう娘に言い遺したのである。

自立への道を真剣に考えてくれていたのだ、と母親の気持ちに胸を熱くした紀香は、母親の期待に応えるべく努力を重ねた結果、希望の職にも就けたし、三十歳になったのをきっかけに念願の一人暮らしを始めることもできたのだった。真の意味での「自立」が果たせたと喜び、それを母親の墓前で報告した。

「一人暮らしをするから」と切り出したとき、博信は意外にあっさりと「好きなようにしなさい」と許してくれた。肩透かしを食ったようになり、「本当にいいのね？」と、確認し直したほどだった。中学、高校時代はもとより、大学時代まで門限を作って、娘の行動には厳しい目を光らせていた父親だったからだ。「友達の家で勉強するから」とうそをついて、好きなアイドルグループのコンサートに行き、帰りが遅くなった夜、「お父さんは、うそつきは大嫌いだ」と、帰宅後に玄関先でひどく叱られた。

——うそをつかないこと。

それが、妻を失ってから男手一つで子育てをするにあたって、一人娘に守らせた約束事だった。自分に正直であれ、と博信は紀香に言った。その教えを守り、紀香は自分の歩みたい道を正直に父親に伝えた。博信は、紀香の決めた進路に少しも口出ししなかった。一人暮らしをすんなりと許容した理由は、すぐにわかった。博信にも一緒に生活したい女性が現れていたのだ。

それが、佐智子だった。

「お父さんも自分の心に正直になろうと思う」

再婚の意志を告げられて絶句していた娘に、博信は穏やかな口調で続けた。

「いままで、紀香を立派に育て上げることだけで精いっぱいだったせいもあるが、本気で好きになった女性はいなかった。だが、彼女は違う。母さん以外で、人生を共に歩みたい、と思った女性が彼女だよ」

あまりに率直に告白されて、紀香は赤面した。

佐智子とはカルチャーセンターで知り合ったという。博信は水彩画講座を受講していたが、同じ時間、隣のクラスで陶芸講座を受講していたのが佐智子だった。講座間の交流の場で二人は親しくなり、講座を離れて食事をする仲に発展した。

「おまえに紹介したい女性がいるんだ。一緒に食事しないか？」

そう父親に誘われたとき、戸惑いはしたものの、思春期の娘のように態度を硬化させたりはしなかった。それほど子供ではなかったということだ。三十歳になった紀香は、六十歳の一人の男性として、父親を広い心で見ることができるようになっていた。いままで脇目もふらずに仕事をし、わたしを育ててくれたお父さんをそろそろ解放してあげよう、自分の幸せを追求してほしい、と紀香は心の底から望んだ。

レストランで佐智子を紹介された途端、〈お父さんが好きになりそうな人だな〉と紀香は思った。死んだ母親とはタイプが違ったが、父親が昔から「あこがれの女性だった」と口にしていた往年の美人女優と顔立ちが似ていたからだ。

紀香より十歳年上の佐智子だが、微笑みながら敬語で話しかけてきた。なれなれしさはなく、かといってよそよそしさもなく、紀香は最初、〈この人をお母さんとは思えないけど、いい友達になれるかもしれない〉と思った。だが、食事中、離れたテーブルにいた家族連れの赤ちゃんが泣き声を上げた瞬間、きっとそちらに向けた佐智子の鋭い視線に気づいて、紀香はハッとした。それは、一瞬だったが、ゾッとするほど冷たい横顔に見えた。

それから、布製の真っ白いナプキンで口紅を拭うしぐさも気になった。マナーに関する本によれば、レストランで出されるナプキンで汚れた口のまわりを拭いてもよいとされているが、ナプキンが布製なだけに紀香にはためらわれる。たとえ専門のクリーニング店に出すにせよ、洗濯する人の手間を想像すると、口紅をつけることに罪悪感を覚えるのだ。

しかし、佐智子は当然の権利のように、ためらいもせずに真っ白いナプキンで堂々と口を拭く。

――この人とわたしは、どこかで価値観が微妙にずれている。

紀香は、父親の妻となる人のそれらのしぐさからそう直感した。

そして、自分と同じ価値観を持っているはずの父がそれらのしぐさに無頓着《むとんちゃく》でいるのが不思議でならなかった。博信は子供好きで、妻の身体が弱くなければ、もっと子供を、と望んでいたというし、妻亡きあとの家事をしてきただけあって、予洗いをしてから洗濯するなどの配慮を怠らない人間だった。

――恋は盲目なのね。

長年、再婚もせずにがんばってきた父である。そのあたりは目をつぶって、二人とつき合うつもりでいたが、日がたつにつれて腹立たしさが募った。

――何も二十歳も年の離れた人を選ばなくても。

父親に対する腹立たしさは不安へと形を変えていった。もう年だし、子供は望まない、と食事の席で佐智子は語ったが、彼女はまだ若い。いつか、お父さんが飽きられて捨てられるのではないか、という不安が紀香の中で膨らんでいった。

早くに父親を亡くし、祖母と母親に育てられたという佐智子の生い立ちも気になってい
た。父子家庭で育った紀香に対し、佐智子は母子家庭で育っている。去年、苦労を重ねた母が短い闘病の末に亡くなったばかりだという話を食事の席で聞いたときは、佐智子に同情したものの、母親を失ってすぐにカルチャーセンターに通い出したという経緯も引っかかった。まるで、同居していた母親が亡くなって身軽になった途端、「婚活」を始めたみたいではないか。博信の話では、声をかけてきたのは佐智子からだという。それまでは同居の母親がネックになって結婚話が持ち上がっても立ち消えになっていたのでは、と紀香は想像した。

——彼女が惹かれているのは、父の中の「父性」の部分だけではないか。

紀香は、そう考えた。どう贔屓《ひいき》目に見ても、自分の父親はごく普通の初老の男で、とりたてて長身でもハンサムでもない。誇れる部分があるとすれば、年齢のわりに豊かな髪の量だけだ。

——ひょっとして、財産狙い？

遠藤家は資産家ではないが、一流企業の役員まで務めただけあって、博信が手にした退職金の額は大きいし、年金も恵まれている。世田谷区内の家も持ち家だ。戸籍上の妻にな

れば、遠藤家の財産もいずれ相続できる。そんな醜い憶測を働かせてしまう自分に嫌悪感を抱いたが、正直であることを美徳とする父親の教えに従って、佐智子の感想を父に求められるままに、紀香は正直に懸念を伝えた。

すると、博信もバカ正直に娘の懸念を交際相手に伝えたらしい。後日、博信は娘に言った。

「彼女は、『お嬢さんの不安を取り除いてあげてください』と、笑顔で言っていたよ。だから、将来、おまえたちがもめないように、いまの時点でできるだけのことはするつもりだよ。しかし、彼女はお父さんより二十歳も若いのだから、当然、一人になったときが心配だ。おまえのように専門的な知識や資格があるわけでもないからね」

それで、損をするのを承知で、形式を重んじて、娘を受取人にしていた生命保険を解約し、妻となる佐智子のために新たに生命保険に加入したのだった。結婚したら、生命保険金の死亡時の受取人は配偶者に書き換えるのが普通であるが、娘と妻がぎくしゃくした関係に陥るのを避けたのだろう。そんな愛情の示し方も確かにある、と紀香は解釈した。紀香がローンを組んで横浜にマンションを購入した際、博信はまとまった額の頭金を援助してくれた。生前贈与にも配慮してくれた父親に対し、金銭的な面での不満はなかった。

「わたしが頼んだわけじゃなくて、お父さんが勝手にしたことだからね。佐智子さんにははっきりそう伝えておいて」

少し不機嫌な口調で父に返して以来、紀香は距離を置いて二人とつき合おうと決めたのだった。佐智子は、結婚と同時に事務員として勤めていた運送会社を辞め、専業主婦になった。

二人の結婚後、紀香が実家に顔を出したのは、数えるほどである。父に届け物をするために、佐智子が不在の日を狙って行ったこともある。五年前、博信が狭心症を発症したときは、心配で何度も通ったものだが、「博信さんの世話はわたしがします」と、佐智子にきっぱり言われてからは、足が遠のいていた。父親に用事があるときは携帯電話にかけるようにしていたが、ここ最近は、ひと月に一度、体調を気遣う電話をかけるだけになっていた。

検死を終えて安曇野から戻った父親の亡骸と対面するために実家を訪れた紀香は、棺の前で〈ここに来るのはどれだけぶりだろう〉と、ぼんやりと思った。

大町市の温泉地の山林で、縊死遺体で発見されたと聞いているが、首筋の紐の痕は白い布で隠されており、目を閉じた顔は穏やかな死に顔にさえ見える。発見が早かったのと、地元の警察署の計らいもあり、遺体の傷みは少なかったという。

――お父さん。

心の中で呼びかけると、こらえていた涙が紀香の目からあふれ出た。父親と対面した娘を見て、佐智子もハンカチで涙を拭っている。

――亡くなったのは、わたしの本当の父親なのに、何でこんなに遠慮しなくてはいけないの？

声を出すのを控えた紀香は、佐智子を見てまたぼんやりとそんなことを思った。

「どうして、すぐにお父さんに会わせてくれなかったの？」

鬱屈《うっくつ》とした思いが、怒気を含んだ言葉を導き出したのかもしれない。佐智子は、遺体が東京の自宅に運ばれた時点で紀香に連絡をよこしたのである。

「紀香さん、お仕事が忙しいと思ったから。出張も頻繁にあるとうかがっていたし」

ハンカチをはずしてこちらに向けた視線は、結婚前にレストランで泣いていた赤ちゃんに向けた冷たい視線を連想させた。ときどき敬語を交える話し方が嫌味っぽくて、冷たい響きに感じられる。

「日帰りの出張はあったけど、夜は家にいたわ。携帯にかけてくれてもよかったじゃない」

「長野の警察署からの電話であわててしまって、そんな余裕はなかったのよ」

もっと言い返したかったが、紀香は言葉を呑み込んだ。目の前にいるのは、死んだ父親の妻である。立場は娘の自分より強い。警察が自殺者の妻に連絡するのは当然なのだ。

「本当に、遺書はなかったの？」

連絡をくれなかったことを責めても無駄だと悟り、紀香は父親の心理に踏み込もうとした。

「なかったわ。警察の方も林の中を少し探してくれたみたいだけど」

佐智子はかぶりを振って、またハンカチを目元に当てた。電話でも聞いてはいたが、あの父親が遺書を残さなかったとは、紀香には信じられないのだ。

「お父さんから電話やメールはなかったの？」

紀香の問いに、佐智子はふたたび頭を振り、

「こちらからは一度電話をしたけど、お風呂にでも行っていたのか、出なかったの。折り返しの電話もなかったし」

と続けた。

「お父さんは、安曇野にスケッチ旅行に出たのよね。その前に、何かおかしなところはなかったの？　たとえば、ひどくふさぎこんでいたとか」

その質問を向けた紀香の中には、ある疑惑が頭を持ち上げていた。

「いいえ、変わった様子はなかったのよ」

「体調はどうだったの？　お父さん、このところ、狭心症の発作は起きていなかったんでしょう？」

最後の電話で、本人からそう聞いていた。

「悪くはなかったと思うわ。それで、本人も出かける気になったんでしょうけど。安曇野には前々から行きたがっていたのよ。水彩画に飽きて、最近、油絵を始めたばかりで、『北アルプスの山並みを描いてみたい』と言っていたの」

「佐智子さんは、どうして一緒に行かなかったの？」

紀香は、われながらきつい口調の質問になったと思った。脳裏に一人の男性の輪郭が浮かんでいる。

「わたしのほうが体調がすぐれなくて。博信さんから聞いたかもしれないけど、わたしももう四十七歳でしょう？　年齢的に更年期で、頭痛とかめまいとか、そういう症状が出ていたの」

佐智子は顔をしかめて答えると、「そのことで、紀香さんに謝っておかないといけないことがあって」と目を伏せた。

紀香はドキッとした。いま、こんなときに、そんな赤裸々で大胆な話題を持ち出すのか。さっき脳裏に浮かんだ男の輪郭が徐々にはっきりとしてくる。

しかし、佐智子の「告白」は、予想していた内容とまるで違った。博信は、特急あずさの車中で狭心症の発作を起こし、乗り合わせた女性医師に診てもらったのだという。発作自体はおさまったが、念のため松本で救急車に待機してもらい、病院に運ばれて処置を受けたのちに、解放されたという。それからは、予定どおりの旅程をたどったらしい。

「お父さん、狭心症の薬を持っていたんでしょう？」

発作時に当然、それを服用したはずだ。

「それが……」

佐智子の口ぶりが重くなったと思ったら、突然、深々と頭を下げられた。「ごめんなさい。わたし、違う薬をピルケースに詰めちゃったのよ」

「それじゃ……」

「ああ、でも、薬を服用するまでもなく、博信さんの発作はおさまったようなの。居合わせたお医者さんが適切な処置をしてくださったおかげで。運がよかったのね。でも、もし、お医者さんがいなくて、発作がもっと大きなものだったら、博信さんはどうなっていたか」

紀香が顔色を変えたのを見て、あせったのだろう。佐智子は、咳《せ》き込むようにして言った。

「間違えた薬って？」

「更年期の治療薬で、女性ホルモン剤なの」

佐智子が女性ホルモン剤を服用していることと、夫の薬の管理をしていることは、紀香も父親から聞いて知っていた。携帯用のピルケースに紐をつけたのが佐智子だということも。

「どうして、そんな取り違えを？」

ミスを犯した佐智子にも呆れたが、夫が死んでからこんなふうにしおらしく謝罪する佐智子にもっと呆れて、紀香は腹から声を振り絞った。

「自分でもわからないの」

と、佐智子はぶるぶると頭を振る。「ただ、博信さんが旅立つ朝、わたし、頭痛がひどくて、ぼおっとしていたのね。似たような白い錠剤だから、しっかり確認しないままにピルケースに詰めてしまったみたい」

「薬の取り違えに気づいたのはいつ？」

「それが、行くまで気づかなかったのよ。自分の飲む何日か分は外に出してあったから、缶の中を見なかったのね。松本の病院の先生に言われて、ハッとして。最初に気づいたのは、あずさの中で博信さんを診てくださったお医者さんだったの」

――ずいぶんといい加減じゃないの。

怒りをぶつけても父親は帰って来ない。紀香は、腹立たしさを抑えて、かわりにこう聞いた。

「いままで、そういうことはあったの？　薬を間違えて詰めたことは？」

「いいえ」

と、佐智子は言下に返した。「取り違えたのは、あの日がはじめて。たぶん、バタバタしていて注意が散漫になっていたんでしょうね」

――本当だろうか。

疑惑が濃度を増していく。佐智子は、故意に取り違えたのを、あわただしい朝で、注意が散漫だったから、と自分の「うっかりミス」のせいにしたいのではないか。

――お父さんに死んでほしかった？

自分の目の届かない旅先で狭心症の発作を起こした場合、「特効薬」がなければ発作が鎮まる確率は低くなり、致死率が高まる。紀香は、佐智子の心の中を読み取ろうとして彼女の顔をのぞきこんだが、佐智子は義理の娘と視線を合わせようとはしない。

「お父さん、一人になってから、また発作を起こしたんじゃないの？」

「松本の病院で出された薬を飲んだ形跡があったから、軽い発作は起こしたかもしれない」

「軽い発作？　どうして軽いと決めつけられるの？」

「それは……」

義理の娘の語調に少しひるんだようになった佐智子だが、

「自分で車を運転して林の中まで行ったのだし、それだけの……体力は残っていたと思うから」

と、「首吊り自殺」という言葉を避けて続けてから、

「あとでわかったことだけど、血液から薬の成分が検出されたそうなの。だから、博信さんは、ふたたび発作を起こして怖くなって、病気を悲観して、それで気弱になって死を選んだんじゃないかしら」

と、驚くほどすらすらと推理を展開させた。

「お父さんが自殺したのは、病気のせい。そう言いたいのね？　間違えられずにきちんとした薬を処方されてもなお、お父さんは死にたくなった、と？」

思わず、紀香は声を荒らげた。唐突すぎる自殺の原因を究明しようともせず、病気を悲観して命を絶ったのだ、とあっさりと納得しているように見える義母に苛立った。

「一緒にいても、人の心なんてわからないものね」

佐智子は、放り出すように言って大きなため息をつくと、

「それで、お葬式のことだけど」

と、さらりと話題を転じた。

紀香は、すぐに事務的な関心事に心を移すことのできる佐智子に呆れると同時に、激しい憤りを覚えた。

――やっぱり、男がいるのだ。

義母の姿を見て、確信をさらに深めたのだった。

10

――いつか、お父さんが飽きられて捨てられるのではないか。

その懸念が当たったのではないか、と紀香が思ったのは、いまから一年半前のことだった。

洋酒会社をリタイアした博信だったが、ワインの知識にくわしかったことから、月に何度か役員をしていた会社に頼まれて、地方の会合に出て行く機会があった。博信が京都の会合に出席のため不在の夜、仕事で渋谷に出かけた紀香は、街中で佐智子を見かけたのだ

った。

佐智子は、彼女と同じ年代の長身の男性と歩いていた。雑踏の中で発見した紀香は、しばらく二人のあとをつけたが、パルコの裏通りに入ったところで、若者たちの集団に紛れて見失ってしまった。パルコの裏の細い路地に入った瞬間、二人が手をつないだように見えたが、はっきりと確認したわけではなかった。男が目立って長身だったことと、長髪で細い顎のラインを憶えている程度だ。

後日、紀香は博信に見たままを伝えた。「自分に正直であれ」という父の教えを守ったからではなく、そこには多少の悪意も混じっていたかもしれない。

——佐智子さんは、お父さんも気づかない「本性」をいくつか秘めた人なのだ。

ただ、そう伝えたかったのだ。

「へーえ、そうなのか。じゃあ、佐智子に聞いてみよう」

そのときも博信は、「バカ正直」作戦に出て、妻にその日の行動を確認したらしい。

「佐智子のやつ、『何だ、紀香さん、見かけたなら声をかけてくれたらよかったのに』って笑っていたよ」

数日後、電話で博信は弾んだ口調で娘に報告した。

「一緒に歩いていた男性は、高校時代の同級生だとか。林《はやし》健二《けんじ》という名前で、彼女は

『ハヤケン』と、ニックネームで呼んでいたよ。直前まで女友達も一緒だったというけど、あのときは友達と別れた直後だったらしい。おまえの目には、二人が親密に見えたんだろう？　そのとおりに言ったら、佐智子は否定しなかったよ。『そう、わたしたちって高校時代から仲よしに見えたかもしれない。だけど、わたし、彼には全然、男を感じないの。彼ってそういうタイプなのよ。もし、男を感じていたら、とっくに彼と結婚しているわよ。もっとも、彼には奥さんがいるけどね』って、そんなことまですらすら話してくれたよ。『わたしたちの仲を疑うのなら、今度、三人で食事してもいいわよ』ってね。あっけらかんとして、ケラケラ笑ってた」

「そうかな。わたしには二人が相当、親しそうに見えたよ。手をつないでいたように見えたんだけど」

年下の妻にあまりに簡単に言いくるめられたように思えたので、隠していたことを暴露すると、

「ああ、佐智子は、それについても弁解していたよ」

と、即座に父親は切り返した。

「林君っていうのは、ジェントルマンを気取る男みたいでね。女性と一緒に歩くときは、自分が車道側に立って、女性をかばったりするそうなんだ。『あのとき、もし二人が手を

つないでいたように見えたのなら、人混みで誰かにぶつかりそうになったときに、彼がわたしの手を引いたからよ』と、そんなふうに笑っていたけどね」

と、紀香は驚いた。手をつないでいた場面も見られていた可能性を考えて、そういう返事をとっさに思いついたのだろう。

——何て狡猾《こうかつ》な女なのだろう。

「わたしが気を回しすぎた、ってことね」

年下の妻にベタ惚れの父親に何を言っても無駄だろう。紀香は、早々と引き下がった。

「で、一緒に三人で食事したの？」

「いや、そこまではする必要ないだろう」

林健二という男の話題はそれで終わった。佐智子が彼に心変わりしたのであれば、それはそれで仕方ない。捨てられる形でもいい。父親があの女と別れてくれれば。紀香は、佐智子の心が父から離れて、結婚生活が破綻するのを期待したのだった。

しかし、それから一年半。佐智子と「ハヤケン」こと林健二との仲が続いていたのかどうかはわからないが、紀香の父、遠藤博信は、旅先の安曇野の地で自ら命を絶つという形で結婚生活に終わりを告げたわけだ。

——自殺の原因は、病気だけではないはず。

紀香にはそう思えてならない。

――夫と別れたいが、財産は欲しい。結婚後、二十歳年上の夫は狭心症を発症した。それを利用して、ひそかに死に至らしめることはできないだろうか。

佐智子がそんなふうに目論《もくろ》んで、地道に計画的に物事を運んでいたとしたら……。紀香は、そう推理を巡らせてみた。佐智子がほてりやのぼせなどの更年期の症状を訴えて、婦人科にかかったのが一年前だった。年齢的には更年期の症状が現れても不思議ではない。だが、その目的が狭心症と似た形状の薬を得るためだったとしたら……。夫の薬の管理は、佐智子がすべて任されていたという。故意に自分の薬と取り違えることもできたはずだ。佐智子が望んでいたのは、狭心症の発作を起こした夫が薬を服用したものの、その薬が効力を発揮せずに、死に至ることだったのではないか。あとで薬の取り違えがわかったとしても、「わたしのうっかりミスでした」と言えば、夫婦間の過失で済まされるだろう。そこに明らかな殺意があったとは断定できない。

――お父さんは、薬の取り違えに気づいた時点で、自分に向けられた殺意を知り、信じていた妻の裏切りを確信して、生きることに絶望したのではないか。

そういう推理も成り立つ。

だが、それらは、あくまでも推理である。

死因が死因なだけに、葬儀は密葬とした。大企業の役員を務めていたとはいえ、退職してから何年もたっている。世田谷区内の斎場での告別式に参列した弔問客の数も少なかった。紀香は、弔問客の中に長身の男を探したが、林健二らしい男は見当たらなかった。

そして、喪服姿で横浜の自宅マンションに帰った夜、郵便受けに一通の封書が入っているのを見つけたのだった。

封筒に書かれたボールペンの筆跡は、自殺した博信のものに違いなかった。

11

三分間診療という言葉がある。病院の待合室で何時間も待たされたあげく、呼ばれて診察室に入ったら三分で診察が終了、という日本の医療の現状を皮肉った言葉だ。美並も医者としてそうした現状には憂いを覚えている。が、忙しさに翻弄《ほんろう》されながら、いい解決策を思いつかないままに日々がただ過ぎていくのが実情である。

外来診察日は、基本的に、術後患者や紹介状を持参した初診患者から優先的に診る決まりになっているが、この日、最後に訪れた女性は紹介状のないまったくの初診患者だった。

——大学病院に来る前に、まずかかりつけの医師に診てもらってください。検査が必要かどうか、かかりつけの医師が判断しますから。そのほうが効率的ですし、大学病院の混雑ぶりの緩和につながります。大学病院は、基本的に、高度な医療サービスを提供するものとお考えください。

医師が直接言うことはないが、病院スタッフが婉曲に患者にそう伝えることはある。

「どうしましたか？」

美並は椅子を回すと、午前中の受け付け分の最後の患者と向き合った。空腹を覚え始めている。患者には「規則正しい食事を」と勧めている消化器内科の医師として、昼食抜きは恥ずかしい。

「申し訳ありません、こんな形で」

午後から出勤するのか、スーツ姿の女性患者は、まず謝罪から切り出した。美並は、〈どこかで会ったことがあったかしら〉と細面の患者を見て思った。カルテには「遠藤紀香」とあり、年齢は三十七歳。問診表には、「みぞおちの痛みがしばらく続いている」とだけ記入されている。

「個人的にお話しする機会を作ったほうがいいかと思ったのですが、外来診察日が今日だと知って、患者として来たほうが早いと……。先生もお忙しいでしょうし」

遠藤紀香という初診患者は早口での言い訳をし、

「信州で亡くなった遠藤博信は、わたしの父です」

と、こちらはゆっくりとした口調で続けた。

「……そうですか」

息を呑む間のあと、美並は呆けたような声で受けた。そういえば、検死した遠藤博信と鼻の形が似ている。

「その節は、父が大変お世話になりました。先生には列車の中でも診ていただいたとうかがっていますし、検死のときもお世話になって」

「お父さまは残念でした。お悔やみ申し上げます」

自殺者の遺族である。訪問の裏には家族の問題が潜んでいるはずだ、と身構えた途端、言葉数が減った。

「いろいろとありがとうございました」

遠藤紀香は頭を下げてから、少し首を突き出すようにして言った。

「お気を悪くされるかもしれませんが、確認させてください。父は本当に自殺だったんですか？」

「先生」と、不穏な空気を察したのか、斜め後ろにいた看護師が口を挟んだが、「いいの」と手で制して、「死亡診断書に間違いはありません」と美並は答えた。死因は、縊死であり、窒息死である。後日、血液中から狭心症の薬の成分が検出されたという報告が大町警察署からあったので、備考欄にその旨を書き記してはおいた。睡眠薬の類は検出されなかった。

「その後、遺書が見つかったりはしていないのですね」

「発見されていれば、大町の警察署からそちらに連絡がいっていると思いますが」

「ああ、義理の母のところに、ですね」

そう言い換えて、遠藤紀香は顔をこわばらせた。その言い方から死んだ遠藤博信の妻と彼の娘との不仲を、美並は感じ取った。

「亡くなる前に、遠藤さんの奥さんのところにも電話はなかった、とうかがっていますけど」

遠藤博信の妻、佐智子と遠藤紀香との不仲の度合いを探るために、そんな言葉を向けてみると、

「それは、わたしもあの人から聞いています」

遠藤紀香は、義理の母を「あの人」と呼んでうなずいた。

「あの人は、望月先生のご実家まで行かれたんですよね？　おじいさまが大町で開業医をされているとか」

「ええ、そうです」

「彼女のことをどう思いましたか?」

「どうって?」

「狭心症の薬と自分の薬を取り違えてピルケースに入れた。あの人は、そう言ってましたよね」

「ええ」

「おかしいと思いませんか?」

「薬の形状がよく似ているので、間違えることがないとは言えません」

遠藤紀香の疑惑が誰に向けられているかに気づき、美並は慎重に言葉を選んだ。

「もし、列車の中でなく、一人でいたときに父が発作を起こしていたら、どうなっていたと先生はお考えですか?」

「狭心症の薬がなくて、発作が激しいものであったら、命にかかわる状況になっていたかもしれません」

死という言葉を避けて答えると、

「葬儀のあと、わたしのもとにこれが届きました」

と、遠藤紀香は、唐突に一通の封筒を差し出してきた。封が切られているが、厚みがない。

「中身はありません。封筒だけです」

戸惑った表情で宛て名に見入っていた美並に、遠藤紀香が言った。

「封筒だけって……」

――大阪府堺市桜田医院御中

それが宛て名で、宛て先不明で配達できないという旨の印が押されている。封筒を裏返すと、横浜市内の住所と遠藤紀香の名前が記されている。黒いボールペンの筆跡は、宛て名のものとほぼ同じだ。郵便番号欄は空欄になっている。

「父の筆跡に間違いありません」

美並が抱いた疑問に応えるように、遠藤紀香が言った。

「お父さんは、なぜこんな手紙を？」

消印は鮮明ではないが、大町郵便局の「大」という文字が見えるから、命を絶つ直前に市内から投函《とうかん》したものと考えられる。

「これは、わたしに宛てた遺書ではないかと思うんです」

「遺書？」

「手紙は、宛て先が不明の場合は、差し出し人に戻されます。父は、この桜田《さくらだ》医院に届かなかった場合を想定して、わたしの住所に戻されるようにしたのでしょう。郵便番号もないから、たぶん、旅先で住所を正確に思い出せなかったのでしょう。調べたかぎりでは、堺市にはいくつか区がありますから。宛て先が不明だったので、わたしのところに配達されるまでに時間がかかったのだと思います」

「遺書なら、どうして中に便箋を入れなかったのでしょう」

伝えたいことがあれば、ストレートに手紙を書けばいい。

「それは……」

わかりません、というふうに遠藤紀香は首を振った。

「この桜田医院という名前をお父さんから聞かされた記憶は？」

「ありません」

「もし、この手紙が桜田医院に届いていたら？」

問いながら、美並はその答えを自分で探していた。受け取った者が封を開け、中をあらためて、何も入っていないことに疑問を抱けば、「これは何でしょう」と、目的を問う手紙を入れて送り返すかもしれない。この手紙は、遠藤紀香の手に渡る可能性が高い。

「受け取った人が気味悪がって捨ててしまわないかぎり、わたしのところにきたと思います」

美並が引き出した推論を口にしてから、遠藤紀香はさらに続けた。

「だから、わたしはこれを父の遺書だと言ったんです。父は、こんな形の手紙を出すことによって、わたしに何かを言い残したかったに違いありません」

「この桜田医院というのは実在するのですか？」

「ネットで調べても見つかりません。どこかへ移転したのか、閉院してしまったのか……」

答えながら、遠藤紀香は緩やかに首を振る。

――大阪の堺《さかい》市まで行って、調べたのだろうか。

父親の検死を担当した医師に会いに来るような行動力を備えた女性である。彼女に対して脅威を覚えた美並の心を読み取ったかのように、

「父が泊まった安曇野のホテルには確認しました。父は、レンタカーで葛温泉に向かう前にフロントに寄って、『封筒と切手をください』と言ったそうです」

と、少し口調を和らげて報告した。

そこまでは調べたということだ。では……と、展開を予想した美並に、いきなり遠藤紀香は立ち上がり、深々と頭を下げた。

「お願いします。わたしの力では限界があります。移転してしまったのか、閉院してしま

ったのかわかりませんが、桜田医院はきっとあります。以前、父がそこにかかったことがあるのだと思います。出張が多かった父ですから、出張先で具合が悪くなって、目についた医院に入ったのかもしれません。『そこを調べてほしい』という父の声がわたしには聞こえる気がするんです。それが、父の遺言につながっているはずです」

――わたしのかわりに、医師であるあなたに桜田医院を探し当ててほしい。

そういう意味だろう。

「先生、もうお時間ですから」

看護師が後ろから急かした。さすがにこんな種類の患者ははじめてで、看護師も恐れをなしているようだ。

「保証はできません。わたしは探偵ではありませんから」

そう答えると、遠藤紀香はしばらく美並の目をまっすぐに見据えていた。そして、

「おじいさまは、長年、警察医をされていたんですよね？」

と言葉を継ぐと、その言葉を反芻《はんすう》するようにうなずいた。

返事をしない美並にかまわず、遠藤紀香は診察室を出て行った。「警察医」という言葉の響きが美並の鼓膜にいつまでも残った。

12

二時近くになっての昼食だが、外来の日としては平均的なランチタイムである。選択の余地はなく、一つだけ残っていた白身魚のフライ定食を頼んで、美並は席に着いた。多少、時間は不規則になっても食事は抜かないと決めている。医師である自分が体調を崩して倒れるわけにはいかない。

病院内にある食堂は、外来者用と職員用に分かれている。奥が職員用のスペースで、レンタルの大きな観葉植物が置かれた横のテーブルが美並の指定席だった。食事を終えて、乳酸菌飲料を飲んでいると、

「さすが、望月先生。健康オタクですね」

その観葉植物から見知った顔がのぞいた。出入りしているライジング製薬のMR、就活中の女子学生のような黒いスーツと束ねた髪がトレードマークの中森有希《なかもりゆき》だ。

「いちおう胃腸科の医者だから、自ら胃腸の調子を整えておかないと。免疫力アップのためにも」

「それ、効きますか？」

「効きますよ。少なくともオタクの薬よりは」

「望月先生もそういう憎まれ口を叩けるようになったんですね」

首をすくめると、中森は美並の斜め前の席に座った。

「相変わらずお忙しそうで。今日は外来日で、当直はあさってでしたよね」

「そうです」

有能なMRは、担当医師のスケジュールを頭に叩き込んでいる。

「午後は？」

「大腸検査が入っています」

昨夜、急遽入院になった患者の精密検査がある。十二指腸潰瘍《しちようかいよう》が疑われる五十代の男性だ。

「だったら、精力をつけておかないといけませんね。それから、これも」

中森はそう言うなり、Ａ４の書類が入るサイズの鞄から何かを取り出してテーブルに置いた。小さな袋に入った薬の試供品のようだ。

「これは？」と、取り上げた美並に、

「美肌効果のあるサプリメントです。ビタミンＣとコラーゲンたっぷりの」

「それは、わたしの肌が荒れているから、って意味ですか？」

「望月先生ももうじき三十ですよね？　そろそろお肌のことも考えないと、って意味ですよ。先生のようなお仕事は当直もありますしね」

中森は、わたしも愛用してますから、と言い添えて笑った。

「じゃあ、いただいておきます。飲んで効果があったら、患者さんにお勧めしますよ」

美並は、本心からそう思って返した。悔しいが、中森は美並より一つ年下なだけなのに、しみ一つないきれいな肌をしている。

「それじゃあ、また」

と、腰を上げようとした女性ＭＲを、

「お願いがあるんですが」

と美並は低い声で引き止めた。同世代の彼女ではあるが、関西の大学を出て入社した中森有希のほうが研修医を経て勤務医になった美並よりキャリアは長い。

「わたしが年下なんですから、タメ口でいいですよ」

と、最初に彼女に言われたものの、彼女のキャリアを尊重して敬語を使うようにしている。

「何ですか？」

中森は、勢い込んで座り直した。四人きょうだいの長女という彼女は、世話好きな性格である。高校から大学まで駅伝をやっていて、体力には自信があると公言してもいる。

「オタクの会社は関西にもたくさん営業所を持っていますよね。こういう医院があるかどうか、調べてほしいんですが」

「堺市の桜田医院、ですか？」

中森は、美並が白衣のポケットから取り出して渡したメモから顔を上げた。「何かご事情がありそうですね」

美並は、答えずに曖昧《あいまい》な笑みを返した。

「調べることはできますが、かわりに何か情報をいただけませんか？」

中森は、いたずらっぽく目を輝かせた。「わたし、頼まれごとをするときは、情報一つと交換することに決めているんです」

「情報といっても……」

有能なMRと評判の彼女だが、情報収集に長けている点が評価されているのか。困惑していると、

「どんな秘密でもいいんですよ。たとえば、望月先生がいま交際している人の名前とか」

「そんな人、いません」

本当にいない。ますます困惑を深めていると、

「じゃあ、いいです。調査したあとで、提供してほしい情報をわたしのほうから言いますから」

と、中森は謎めいた言い方をして、メモを鞄にしまった。

「ああ、こっちにいたんだ」

観葉植物から今度は男性の顔がのぞいて、美並はドキッとした。細身のスーツに細いストライプのネクタイをしている。年齢は三十ちょっとか。

「すみません。お待たせして」

中森の知り合いらしい。身体を硬直させた彼女は、

「こちら、消化器内科の望月先生です」

と、まずは美並を男性に紹介してから向き直り、「名古屋国際医科病院の間宮《まみや》先生です。専門は、脳神経外科。わたしの高校の先輩なんですよ」と、親しげな口調で男性を紹介した。

「よろしく。間宮卓也《たくや》です」

よりくだけた口調で間宮医師がフルネームを名乗り、美並に握手を求めてきた。

「望月美並です。よろしくお願いします」

と美並もフルネームで応戦したが、初対面で握手を求めるキザなしぐさが鼻についた。

「みなみ、というと、海辺で育ったとか？　美しい波を見て、両親が『美波』という名前を思いついたんでしょう」

「残念ですが、その推理ははずれています」

得意げに言った間宮の鼻をへし折ってやった。「北アルプスの美しい山並みを見て、『美並』と名づけたんです」

「望月先生のおじいさまは、安曇野の北で開業医をされているんですよ」

と、高校の後輩である中森が説明を補った。

「ああ、それで……」

と、一人納得したように芝居がかったしぐさでうなずいてから、

「今日は、彼女に院内を案内してもらう約束になっていてね」

と、聞いてもいないのに、間宮は自ら訪問の目的を口にした。

「それは……」

勤め先を変えるという意味か。それで下見に来たのだろうか。昔ほど大学の医局の力は強くなったとはいえ、大学間での勤務医の交換――いわゆるトレードはよくあることだ。

「東京の大学病院にも興味があってね」

美並の顔色から察したのか、間宮は意味ありげに言って微笑んだ。端整な目鼻立ちで、口角《こうかく》がきれいに上がる笑顔だったが、イケメンだからといって初対面の悪い印象が払拭されたわけではない。

「では、すみずみまでご覧になって行ってください」

半分皮肉に聞こえる言い放ち方をした美並に、

「一度、お会いしましたっけ？」

と、間宮はさらに親密さを増した口調で話しかけてきた。

いいえ、と美並が首を横に振ったのと、

「お客さまの中にお医者さまはいらっしゃいませんか？」

と、棒読み状態で間宮が言ったのと同時だった。

「望月先生、先日、あずさで乗り合わせましたよね」

まさか、と思ったが、美並の脳裏にグリーン車内の光景がぼんやりと浮かんだ。ビジネスマン風の男性が何人も乗り合わせていた。

「あのとき、あそこにいらしたんですか？」

「ええ、グリーン車に」

「じゃあ、どうして……」

すぐに名乗り出て、患者を介抱しなかったのか。憤慨して声を失っていると、

「あと十秒待って誰も現れなかったら、仕方ないから『医師です』と出て行こうとしたら、幸運にも君が現れてくれたというわけで」

よどみなく説明して、間宮はまた微笑んだ。「手際よい完璧な処置に感心しましたよ」

「それはどうも」

もう一秒たりともこの男とは一緒にいたくない。盆を持って立ち上がった美並に、

「あの、すみません。あちらのことはちゃんと調べておきますから」

と、恐縮した様子の中森がうわずった声で言った。

「よろしくお願いします」

中森にだけ視線を向けて、美並はその場から立ち去った。

13

薄クリーム色の外壁は色褪《あ》せてはいたが、正面玄関の上の円形にくりぬかれたステンドグラスは、陽光を受けてきらびやかな光を放っていた。白い椿の花をつけた枝にウグイスらしき鳥が二羽とまった純和風の図柄なのに、医院とその右手奥に続く家屋は洋風建築で、

自宅らしい二階建ての洋館の屋根からはレンガの煙突が空に向かって伸びている。

ステンドグラスがはめこまれた建物の前には四台ほど駐車できるスペースがあるが、侵入を防ぐために入り口に何本か支柱が立てられ、鎖が通されている。コンクリートで固められた駐車スペースの隅には落ち葉がたまり、使われなくなって久しいことを感じさせる。

美並は感傷的な思いに駆られて、かつて医院であり、いまは無人となった建物を眺めていた。もはや、「桜田医院」の看板はどこにも見当たらない。入り口の脇のミドリ十字が、かつてそこで診療が行われていたことを物語っている。住宅街の中の医院だったと思われるが、近くには眼科や歯科の看板を掲げた建物が目につくから、小規模な診療所の充実した住みやすい街なのだろう。坂を少し下れば、コンビニやクリーニング店や花屋もある。

桜田医院が閉院したのは三年前だという。中森有希の行動力と調査能力は抜群で、美並が調べてほしいと頼んだ翌日に調査結果の報告があったのだった。八十代の院長が亡くなり、後継者不在で閉院になったという。院長の妻は十年ほど前に亡くなっており、二人いた娘はどちらも嫁いで家を出て行き、堺市西区にあるこの家は無人になった。

中森は、その場では交換条件の情報を求めてこず、

「何か進展があってからでいいですよ」

と、またもや謎を含んだ言い方をした。桜田医院に興味を示した女性医師が気になった

のだろう。美並が独自に調べた結果を知りたいに違いない。

来た道をJR阪和《はんわ》線の鳳《おおとり》駅方面へと戻り、あらかじめ目をつけておいた喫茶店に入る。間口が狭く、奥行きのある木枠の窓の建物は、古くからある店の趣《おもむき》を漂わせている。ガラス扉を開けるとカウベルが鳴る仕組みも昔懐かしい喫茶店の雰囲気だ。ダークな色合いのテーブルとゴブラン織りの布張りの椅子の背が店内を暗く、重厚に見せている。奥にぽつんと一つ、撤去し忘れたかのようにゲーム機付きの厚みのあるテーブルが置かれているのを見て、美並は過去にタイムスリップでもしたような気分になった。休日の昼下がりのせいか、客は一人もいない。

入り口に近いテーブルに座ると、白髪の七十代くらいの店主が注文を取りに来た。本日のコーヒーが何かわからなかったが、壁に貼ってあった本日のコーヒーを頼むと、かなり待たされて白いカップに入った濃い色のコーヒーが運ばれてきた。自家焙煎《ばいせん》の店らしい。甘みのある深い味わいのコーヒーをまずはひと口飲んで「おいしいです」とうなってから、「桜田医院の院長先生、お亡くなりになったんですか？」と、美並は店主に話しかけた。

「ええ、三年前でしたか」

店主は、警戒するわけでもなく美並にあわせて標準語で気さくに答えて、隣のテーブルの椅子に座ると、くつろぐように肘掛けに腕を載せた。

「何度か出張で大阪に来ることがあって、桜田先生にもお世話になって」

遠藤紀香の話を思い起こして、博信の行動を自分のものに置き換えた。「懐かしくなって足を延ばしてみたら、診療所を閉じていらしたので」

「いい先生でしたよね。話好きで」

絵に描いたようにきれいな白髪の店主は、ひとりごとのように壁を見て言った。「うちにもよくコーヒーを飲みにいらしてました。出前もしましたしね」

「コーヒーの出前を？」

「ええ、しましたよ」

と、店主は、いま気づいたかのように美並を正面から見つめた。「先生のお宅はコーヒーの冷めない距離にありましたからね」

「あそこはどうされるのでしょうか」

問いながら、美並の頭の中では、祖父が院長を務める「望月内科医院」と看板がはずされたさっきの建物とが重なっていた。医師がいなくなれば、診療所は廃業する運命にあるのだ。休日に新幹線に乗って大阪まで来たのは、祖父の診療所の行く末が気になったせいかもしれなかった。閉院になったという診療所の建物を、自分の目で見てみたかった。

「さあ、どうなるのか。下見なのか、不動産業者がときどきうちにも来ますけどね」

「お嬢さんがいませんでしたか？　先生とそんな話をした憶えがあるんですが」

家族の話は慎重に切り出さないといけない。

「二人いましたよ」

自身も話好きなのだろう。会話に飢えていたかのようにすらすらと答えると、

「人生、うまくいかないものですね」

と、店主は顔をしかめた。

「優秀なお嬢さんたちだったんですけどね、下のお嬢さんのほうが先に、女子大を出ると、さっさといい人を見つけて結婚して、家を出て行って。上のお嬢さんは医学部に行くかと思ったら、何とか工学を研究したいとかで親の勧める大学とは違うところに行って、大学院まで出て、海外と日本を行き来する生活を始めて……。奥さんは、生前、ご長女の見合い話に夢中になっていましたよ。何とか医者と結婚させたかったんでしょうね。でも、上のお嬢さんは首を縦に振らなかった。奥さんにはぜん息の持病があったんですよ。さぞかし無念だったでしょうね。生きているあいだに娘婿を取りたかったでしょうに。で、まわりが生涯独身で通すのかな、なんて思っていたら、上のお嬢さん、四十を過ぎて、突然、『この人と結婚するから』と外国人を連れて来てね。そんなこんなで、先生はショックだったんでしょう。冬の寒い日、風呂場で倒れて亡くなったんですよ。発見したのは、長年

勤めていた看護師さんでした」

「そうですか」

美並は、大きなため息をついた。初対面の客にするには長すぎる話を聞き終えたときには、風呂場で倒れた老人の姿が着物姿の祖父に変わっていた。

「でも、二人のお嬢さんはときどき実家に帰られるんですよね」

実家の整理もあるはずだ。駐車スペースの隅に落ち葉がたまってはいたが、玄関まわりが荒れてはいなかったので、定期的に掃除がされているのだろう。

「来ているみたいですが、よくわかりませんね。ここには顔を見せませんし」

店主は、仏頂面《ぶっちょうづら》のまま言った。

「あの建物、壊されてしまうんでしょうか」

「さあ、どうか。でも、壊すとなると惜しいですよね。あれはかなり著名な建築家が設計したもので、昭和レトロの趣があるでしょう？　もっともうちも古さでは負けてはいませんが」

店主の顔がほころんだので、「桜田医院は何代続いたのでしょう」と、美並は聞いてみた。純粋な興味から発した質問だった。

「大先生がいた時代から知っているから、桜田先生で二代目ですね。どっちかのお嬢さんが継げば三代続くことになったんでしょうけど」

いやあ、本当に残念で、と店主は首を左右に振ったが、「仕方ないですよね」と、すぐに諦めたような笑顔を作った。「長く続けるってことは、何でも大変なものです。そこのコンビニだって少し前は酒屋でしたからね」

「本当にそうですね」

そろそろ潮時だろう、長居をするとボロを出しそう、と壁の時計を気にした美並に、「あなた、お医者さん？」と、店主は唐突に聞いた。

「えっ？」

うろたえた美並の顔をのぞきこむようにして、「でしょう？」と店主が微笑んだ。

「どうしてわかったんですか？」

認める作戦に出た。

「何となく、ですけどね。しゃべり口調とか、全体の雰囲気とか、薬の匂いとか。桜田先生の匂いも同じでしたよ。白衣を脱いでいらしても、うっすらと薬品の匂いが漂っていてね」

その当時を思い出すように、店主は目を細めると窓ガラス越しに表を眺めた。

14

ドアに近づいただけで、油絵の具の匂いが鼻をついた。ドアの木目にしみこんでいるのかもしれない。油絵の具の匂いは嫌いではない。病院内の薬品の匂いとどこか通じている気がする。

ノックをすると、「どうぞ」と研一の声が応じた。声だけ聞くと、龍太郎のものと似ている。父親のアトリエに足を踏み入れるときは、いつも緊張する。美並は、一度大きく深呼吸をして入室した。

「大阪へ行ったんだって？」

木製の机で書き物をしていた研一が顔を上げた。「画家」が職業の望月研一だが、最近では「大学教授」という肩書きが先にくることが多い。母校の美大の教授として講義を受け持つ傍ら、美術雑誌や新聞に美術史や西洋画家についてのコラムを書いている。博多で開かれていた国際的な美術展にスタッフとして参加し、あちらに三泊して、美並の留守中に帰宅したのだった。

「日帰りで学会、ってわけでもないだろう？」

研一は、訝るようにかすかに眉をひそめた。

「おいしいって評判の串カツの店に、急に行きたくなってね」

「一人で？」

「そう。悪い？」

「悪くはないさ。で、おいしかったのか？」

「まあね。評判どおりだった」

「そうか」

娘の言葉を信じたのかどうか、わからなかったが、研一は視線を机に戻した。

美並は、壁側に置かれた長椅子に座ってため息をついた。どこへ行こうと何をしようと、「作品のための取材だよ」と淡々と言える父親がうらやましい。対して、医師である自分は休日にどこかへ出かけるのにも言い訳を作らなくてはならず、ひどく窮屈だ。

「串カツを食べるのは創作意欲につながるけど、医療の技術をアップさせるのにはつながらない、か」

皮肉っぽくつぶやくと、研一がふたたび視線を娘に移した。

「何か用事か？」

書き物を中断して、研一は椅子ごと美並へ向いた。

「このあいだ、おじいちゃんのところに行ったら、診察室にお父さんの絵が飾ってあったけど」

　美並は、脈絡なしにその話題を持ち出した。

「そうか。どの絵だったか」

「蓮華岳と爺ヶ岳と鹿島槍ヶ岳が連なっている絵」

「……あれか」

　わざとらしい間のあとに、研一がうなずいた。

「いつ描いたの？」

「ずっと昔。学生時代だったかな」

「どうして、おじいちゃんの診察室に飾られているの？」

「さあ。おばあちゃんに頼まれて、お母さんが送ったんだろう。そう言ってなかったか？」

「ううん、聞いていない」

　まずは父親に聞いてから、と決めていた。

「ああいう山の絵が好きな患者さんがいるらしい。山の絵を見ると心が癒されるとか。アートセラピーってやつだな」

放り出すように言うと、研一はアトリエへと目を向けた。書き物のあとに制作する時間をとりたいのだろうか。研一の仕事場兼アトリエは、少し変わった造りになっている。廊下に面して机と本棚を置いた書斎があり、書斎を抜けると広い空間が広がっている間取りだ。百号サイズの大作を年に一度は手がけるため、アトリエは一階に設け、開口部分を大きく切り取った掃き出し窓から作品の搬出入をしている。

「わたし、あの絵、好きだよ」

「そうか」

娘のつぶやきに近い感想に父親が短い返事をしただけで、二人の会話は途切れた。

「ねえ、わたしに絵の才能ってあった？」

沈黙を破るには、唐突すぎる質問だったかもしれない。

「いきなり何だ？」

と、研一が面食らったようにまばたきをした。

「お絵描きした記憶がないから」

「お母さんは何て言ってた？」

「聞いてない」

まずは父親に聞いてから、とこちらも決めていた。

「絵日記を書いたり、どこかのお寺を写生したりしていたじゃないか」

「絵日記や写生は、夏休みの宿題だったからね」

美並は、自分の口調が少し不機嫌になっているのに気づいた。夏休みの宿題は、学校に提出する前に母親がチェックしてくれていた。しかし、絵を描くことが本業の父親に、自分が描いた作品に手を入れてもらった憶えもなければ、感想を言われた憶えすらない。

「絵の才能って、受け継がれるものなのかしら」

美並は、またひとりごとのように言った。

「さあ、どうかな」

と、研一もひとりごとのように言い返した。「画家の子供が画家になっているケースもあれば、まったく違う職業に就いているケースもある」

「小学生のとき、夏休みに描いた絵に金賞って紙を貼られて、廊下に貼り出されたけど」

その一度きりで、校内でも校外でも、美術関係の何かしらの賞をもらったことはない。

「そうだったかな。そのときの絵はどんな絵だった？」

「それが、お寺の絵よ」

美並は答えて、ぷっと噴き出した。娘が学校で褒められた絵が何だったかさえ忘れている父親に対して、怒りより呆れの感情が上回った。

——やっぱり、そうなんだ。

そして、勝手に結論を出し、得心した。研一は、自分が父親から受けたようなプレッシャーを自分の子供には与えたくなかったのだろう。成績のよかった研一である。「医者になって、いずれは望月医院を継いでほしい」という龍太郎の無言のプレッシャーを肌で感じ取っていたのかもしれない。父親の期待に応えようと努力して医学部に入ったものの、幼いころから抱いていた画家になる夢を諦めきれなかった。

「あなたのお父さんは、小さいころから絵を描くのが好きでね、薬屋さんからもらったカレンダーやレントゲンを挟む紙とか、余白を見ると何か描かずにはいられないの」

と、いつだったか八重子が息子の思い出を語っていた。

「何か嫌なことでもあったのか？」

苦笑した顔で自分を見つめている娘に、やや困惑ぎみに研一が聞いた。何か悩みでもあって自分の仕事場に来たのかと思ったのだろう。

「ううん。そうじゃないの」

頭を振って、美並は長椅子から立ち上がった。「ただ、油絵の具の匂いを嗅ぎたくなっただけ」

「おかしな子だな」

「わたしは……」

どんな匂いがするのだろう。やはり、あの喫茶店の店主が言ったように薬の匂いがするのだろうか。腕を鼻に近づけて、父親の視線に気づくと、「何でもない」と言って、美並は書斎を出た。

居間に行くと、母親の京子がキッチンカウンターの向こうで手を動かしていた。仕事を持っている京子は、休日にまとめて野菜を茹でたり、ハンバーグや肉団子などの下ごしらえをしたりして、冷凍保存しておく。

「夕飯はいいの？　ご飯がお茶漬けにするくらい残ってるけど」

「変な時間に食べたから、お腹すいてない」

そう答えて、美並は居間のソファに座った。テレビはついていない。この家では、「だらだらとテレビを観ない」習慣を、美並が小さいころから身につけさせていた。

「お母さんは、聞かないの？」

「何を？」

「わたしがどうして大阪に行ったのか」

「どうして行ったの？」

「おいしい串かつを食べに」

「あら、そうなの」

「信じていないでしょう?」

「じゃあ、本当はどういう目的で?」

ひき肉をこねる手を止めずに、京子は聞く。

「言いたくない」

美並は、ごねてみせた。「お父さんにも聞かれたけど、言わなかったし」

「病院の仕事に行き詰まってるの?」

京子は手を洗うと、美並の前のスツールに改まって座った。さすが母親だ。見ていないようで、娘の心の動きを察知している。

「両親して、娘の芸術的才能を引き出そうとしてくれなかったことを、いまさらながらに嘆いてるのよ」

「何だ、すねてるのね」

京子は、首をすくめて笑うと、一度書斎のほうへ顔を向けてからこう続けた。

「お父さんが美並の『絵の先生』になってくれなかったから? お父さんはね、あなたの適性をいち早く見抜いていたのよ」

「わたしの適性?」

「美並は、信州のおじいちゃんおばあちゃんの家が大好きだったわ。連れて行って何日か泊まると、『帰りたくない』って大泣きされてね。診察室が好きで、医療器具が好きで、峰雄君や岳瑠君たちとお医者さんごっこをして遊んでた。夏休みの宿題も、絵を描く課題がないときは、昆虫の観察なんかしてたでしょう？　峰雄君に捕まえてもらったカブトムシや、一緒に捕った蝶々やトンボの生態をまとめたり、縁日の露店ですくった金魚を飼ったり、捨て猫を飼ったりもしてたわよね」

「それは、まあ、生き物は好きだったけど。命の不可思議さ、神秘ってものに惹かれていたのかも」

三匹すくったうちの二匹はすぐに死んでしまったが、残りの一匹は玄関に置いた水槽で五年も元気に泳いでいた。最後の金魚が死んだとき、一日泣いていたことを美並は思い出した。小学校に上がってすぐに拾った子猫は、美並が医師国家試験に合格したのを見届けたかのように天国へ旅立った。

「お父さんは、あなたが自然に興味を持つものを大切にしたかったのよ。子供のころは、『動物のお医者さんになりたい』って言ってたでしょう？」

獣医になりたい、と小学校の卒業文集に書いたのはぼんやりと憶えている。

「あなたは、誰に強制されたわけでもなく、自ら進んで医師になる道を選んだ。口にこそ出さないけど、そのことをお父さんは喜んでいたのよ」

美並は、やっぱり、静観していたかったのね、と内心でうなずいて、テーブルの上の拭き掃除を始めた京子の手元を見た。「わたしは貧乏性なの」と自任する京子は、休みの日でも何もせずにのんびり過ごすということができない。

「診察室にお父さんの絵があったけど」

計算していたタイミングで、母親にもこの話題を切り出した。

「ああ、山の絵ね」

拭き掃除の手を止めずに京子が受けた。

「お母さんが送ったの？」

「そうよ」

「おばあちゃんに頼まれて？」

「ううん、勝手に送ったの。いちおう、お父さんには断ったけど、何も言わなかったから」

「そう」

これも、やっぱり、だ。美並は、推測どおりの母親の行動の意味を考えた。看護師として美大生時代の夫を支えた京子は、夫が大学に職を得て、画業を安定させてからも仕事を辞めなかった。だが、その後、経済的に少し余裕が生じた時期に大学院に入り、看護学を修めた。現在は、都内の私立大学の看護学部で講師をしている。内助の功に徹するだけでなく、看護に携わる仕事を続けるという強い意志を持つ母親の生き方を、美並は一人の女性として尊敬している。

「おじいちゃん、何か言ってた？」

「ううん、何も。でも、飾ってあったってことは、黙認してるってことだから……」

診察室に息子の絵を「受け入れた」祖父の態度をどう受け止めたらいいのか、美並は迷っていた。

「おじいちゃん、許す気になってくれたのね」

すると、京子がかわりに言い、「お父さんも心がほぐれてきたのよ」と続けた。

「だからといって、お父さんが実家の敷居をまたぐとは思えない」

「それはそうね」と、京子は笑った。「あの二人、頑固なところがよく似ているから」

――お母さんは、おじいちゃんの家に絵を送ることで、父と息子が和解するきっかけを、そして、わたしが「帰郷」する道筋を作ってくれたんだわ。

美並は、そう思った。

「病院で何かあったのね？」

京子は、拭き掃除の手を止めて、テーブルの上で組み合わせた。やはり、娘の心のうちを見通している。

「トラブルとかはないのよ。ただ……ずっとこのままでいいのかな、って」

「はじめての検死をして、何か考えることでもあったの？」

京子の目に柔らかな光が宿った。あずさの中で診た急病人が、その後、旅行先で自殺し、美並が検死を担当したことは伝えてあったが、勤務先に娘の遠藤紀香が訪ねて来たことは報告していない。

「警察医を何十年も続けたおじいちゃんは偉い、と痛感したわ」

「そう」

と受けただけで、京子はその先の言葉を待っている。

「おじいちゃんのあとに警察医を担当していた先生が、関西のほうへ行ってしまうんですって」

「そうなの。地方では、開業医が警察から嘱託されて検死をするんだったわね」

「ええ」

「でも、開業医の先生は、ほかにもいるんでしょう？」

「それはそうだけど……」

また、望月先生のところにご挨拶にうかがいますわ、と言っていた大町警察署の署長、荻原の人なつこそうな笑顔を思い浮かべながら口ごもると、

「おじいちゃんが長年培ってきたものを自分が受け継ぎたい、美並はそう思っているんじゃないの？」

と、京子は娘の迷いの核心を突いてきた。

「ああ、うん。でも、まだ早いかな、と思ってね」

「いまの職場に未練があるの？　大学病院にいれば、最新式の医療機器が使えるから？　恵まれた環境で研究が続けられるから？」

医療現場に身を置いてきた京子は、医学界の現状にもくわしい。痛い本音を突かれて、美並はうなずいた。検査システムは進化しており、胃の検査をするのにも胃カメラの時代は過ぎ、３Ｄ消化管エコーの導入が検討されている時代である。大学病院のような規模の大きな病院でないと最新式の機器は揃えられないし、整った環境の中で臨床と研究を両立させたい気持ちもある。学生時代から取り組み続けているテーマは、「ストレスと胃腸の免疫力の関係について」である。いずれは医学博士号を取得したいという意欲もあるから、助言を求めるためにも教授のそばにいたい。医師としてはまだ若く、入院患者に接して臨床経験を積みたい気持ちが強い一方で、研修医を指導する大きな役目も担っており、その

責任も感じている。

「何にでもタイミングってものがあると思うの」

黙っている娘に、京子が穏やかな口調で言った。

「もう少し待ってみようか、という気持ちと、いましかない、という気持ち。あなたの中で、その二つがせめぎ合っているのね」

「そうかもしれない。まだ早いのか、いましかないのか、自分ではわからないの」

美並は、正直に言った。

「あなたのお父さんがそうだったわ」

「お父さんが？」

「せっかく医学部に入ったのだから、そのまま突き進んで医者になればいい。いま辞めるなんてもったいない。そうお父さんに進言した人も多かった。一時は、その言葉に従って、美大へ行くのを諦めようとしたこともあったみたい。でも、諦めなかった。それは、自分の進む道を変えるのはいましかない、とお父さん自身が思ったからよね」

いましかないのだろうか、と美並は自分の胸に問いかけてみた。龍太郎はまもなく八十歳。健啖家でまだまだ元気な年寄りだと思っていたが、今回、家の中で転倒し、足を怪我した。身体が弱りかけている証拠ではないのか。しかし、頭はまだしっかりしている。頭がしっかりしているうちに、もっと多くのことを祖父から学ぶべきではないのか。

——おじいちゃんから受け継ぐならいまだ。

そう、いましかない。はっきりと口には出さなくとも、父親も応援してくれている。わたしの武器は、この若さと無鉄砲さではないのか。

——わたしの原点は、おじいちゃんのあの家で、あの診察室だった。

薬品の匂いにあふれた診察室、注射器や聴診器のひんやりした肌触り、祖父の着ていた白衣のまぶしさ。それらが脳裏によみがえり、美並の胸を熱くさせる。名前の由来となった北アルプスの美しい山並みも、「来るならいまよ」と自分を呼んでいる気がする。

「もう少し考えてみる」

京子にそう告げると、遠藤紀香にメールを送るために、美並はパソコンのある二階の自室へ行った。

15

それから一週間、遠藤紀香からは音沙汰がなかった。

——「警察医」という言葉を出して、脅すような目であんなふうにお願いしておきながら……。

MRの中森に調査を依頼し、わざわざ時間を割いて、自ら大阪まで足を延ばしたのだ。堺市内の桜田医院を自分の目で確かめたことまでは報告しなかったが、桜田医院が三年前に閉院したいきさつと中森から聞いた正確な住所は、メールで遠藤紀香に知らせてある。それなのに、と遠藤紀香に対する憤慨が美並の中で高まっていたときだった。

入院患者の回診を終えたあと、内科の医局へ向かっていた美並を認めて、ナースステーションから看護師長の諸岡《もろおか》が出て来た。

「生命保険会社の人が望月先生にお会いしたいそうです。面談室で待っていただいていますが」

諸岡は小声で言った。臨機応変に対応し、簡潔な報告を心がける姿勢の仕事のできる看護師長だ。生命保険会社と聞いて、美並はピンときた。遠藤博信に関する件に違いない。

面談室に入ると、四十代半ばくらいのスーツ姿の細身の男性がすっくと席を立った。きっちりと七三分けした髪型がきまじめな性格を物語っているようだ。

「丸栄生命の小中《こなか》と申します」

七三分けの男性は、白衣の美並に名刺を差し出し、

「ご多忙のところ、申し訳ありません。お時間をとらせてはいけないので、前置きは抜き

にしてすぐに本題に入らせていただきます」

と早口で言うと、美並が座ったのを見届けて、自分も席に着いた。

生命保険会社の調査部門の人間が病院に出入りするのは珍しくはない。だが、その種の人間と対面するのは、美並ははじめてだった。

「遠藤博信さんの死因は、自殺で、縊死による窒息死で間違いないですか？」

小中は、言葉どおりに前置きなしに聞いてきた。

「多少、時間に余裕はありますから」

美並のほうからそう譲歩して、

「遠藤さんのお嬢さん、遠藤紀香さんからわたしのことを聞かれたのですね？」

と、まずは生命保険会社の人間が訪ねて来た理由を確認した。

「はい、そうです。これは、生命保険金の支払いに関する調査の一環です。保険契約者は、遠藤博信さまで、被保険者はその妻、遠藤佐智子さまです」

小中は、有能な調査人らしくはきはきと答えたが、被保険者の死亡時受取額についでは言及せずに書類に目を落とした。「死体検案書には、保険契約者が亡くなる前に狭心症の薬を服用した、とありますよね。それは、確かですか？」

「ええ、血液中から薬の成分が検出されたという報告を警察署から受けました。わたしが採血して、警察に成分分析を依頼したんです。狭心症の薬は松本の病院で処方されたものですが、一錠飲んだ形跡がありました」

美並は端的に答えると、続けて薬品名を言った。

「では、保険契約者が狭心症の発作を起こしたから薬を服用した、そう考えてもいいのですね？」

「そう思いますが……」

名前ではなく「保険契約者」を主語に話す小中に違和感を覚えながら、美並の心の中に黒い霧のようなものが拡散していった。小中は、生命保険金を支払うにあたって「調査」に来たのである。慎重に言葉を選ばなくてはいけない。

「死因は、狭心症の発作によるもの。そうみなしてもいい、ということですね」

小中は、顎を引いて上目遣いに美並を見た。その瞬間、痩せているくせに二重顎になり、表情に凄みが生まれた。

「それは、違います」

美並は、激しく首を左右に振った。「病死とは断定できません」

「しかし、その可能性はあると？」

「可能性はないとは言えませんが、それでも、やはり、病死と書くことはできません。遠藤さんが自殺したことは、その状況から間違いないからです。たとえ、自ら死を選ぶ直前に狭心症の発作を起こしたとしても、薬で発作は一旦は鎮まったものと思われます。そのあと、改めて輪にした紐に手をかけたのでしょう。それだけの力は残っていたということです」

「時間的にはどれくらいの差があったのでしょう。つまり、発作を起こして心臓が止まってから、紐で首が絞まって窒息するまでに」

「わかりません」

美並は、ふたたび頭を振ってから、

「その言い方は正しくありません。発作によって心臓が止まったのが先、とは言い切れませんから」

と、語調を強くした。

「でも、こういう状況は考えられなくもないですよね」

小中は、男性にしては細い指をくねくねと動かし、首を吊るまでの一連のしぐさをまねしながら語った。

「狭心症の発作を恐れて、あらかじめ一錠、裸のままの錠剤をポケットに入れておいた。覚悟の自殺だったというのは事実でしょう。木の枝に紐をかけて輪を作り、そこに手をかけた。だが、その瞬間に発作を起こした。それで、あわてて錠剤を取り出し、口に入れて舌下で溶かそうとした。自殺するつもりの人間でも、発作の恐怖の中で死にたくはなかったのかもしれません。発作がおさまるのを待ちながら、彼は自由になった両手で輪を持ち、首を差し入れた。発作はおさまらず、彼の心臓は止まりかけていた。しかし、ほぼ同時に、足も地面から離れ、両手の力も抜けて、紐で首が絞めつけられた」

「病死なのか、自殺なのか。ほぼ同時という見方も可能だし、一瞬の違いで、狭心症の発作による心臓停止が先、という見方も可能だ。そうおっしゃりたいのでしょうか」

「ええ、まあ、そういうことです」

「死因が狭心症の発作によるものか、自殺によるものか、そのいずれかによって、保険金の支払いに影響が生じるということでしょうか」

生々しすぎるこちらの質問には、小中は答えずに、曖昧な笑みを返した。

「自殺するどれくらい前に発作が起きたか、厳密な時間を割り出すのは不可能だと思われます。心臓が止まって呼吸ができなくなる状態が心不全であり、首が絞まって呼吸ができなくなる状態が窒息死ですから」

美並は言葉を選び、

「でも、あらゆる可能性を考慮するとなれば、発作が起きていない状態で服薬したという可能性も見落とせません」

と、ここは明瞭に発音しながら言った。

「発作が起きていない状態？」

と、小中が眉をひそめる。

「遠藤さんは、列車の中で発作を起こしています。旅先で発作に襲われた恐怖が大きかったのでしょう。心理的な要因が発作を誘発することもあります。発作が起きそうだ、と不安になったのかもしれません。それで、自殺を実行する前に一錠口に入れた、そういう可能性も考えられるという意味です」

もう一つの可能性も脳裏に浮上していたが、それについては語らなかった。

「わかりました」

これでおしまい、というふうに小中が手で膝を打ち、鞄を持とうとしたので、

「大阪の桜田医院に行かれたのですね」

と、美並から切り出した。「遠藤紀香さんに桜田医院の住所をお教えしたのは、わたしです。院長先生が亡くなって、三年前に閉院しましたけど」

「お察しのとおり、桜田医院の関係者に会って、調査しました」

小中は認めた。聞かれなければそこまで触れずに帰ろうとしたのだろう。だが、遠藤紀

香が手紙のことまで小中に伝えたのかどうかはわからない。

「カルテが残っていたのですか？」

「はい。診療所の内部は、閉院したときのままになっていました。古いカルテも残っていました」

「遠藤博信さんは、以前、桜田医院にかかったことがあったのですね？」

そのはずだ。だから、生命保険会社の調査員である小中が検死した美並のもとにまで足を運んだのだろう。

「ええ、八年前に」

それだけ答えて、小中は席を立った。カルテの保管期間は五年間と決められている。三年前から五年さかのぼった八年前のカルテは存在していたのだろう。もっとも、昔の紙のカルテをスキャナーで取り込んで電子化し、十年以上も保管している医療施設もある。

「保険金の支払いはどうなりますか？」

さらに生々しい質問に至った。

遠藤博信が再婚したのが七年前だから、それより前に桜田医院で診察を受けていたことになる。旅先で狭心症の発作に見舞われたとき、目についたのが桜田医院で、そこに駆け込んだ可能性は考えられる。いや、その時点では狭心症の発作とはわからなかったかもしれないが、心臓に痛みを覚えて受診し、狭心症の薬を投薬されたとなれば、そして、それがカルテに記載されていたとなれば、生命保険の契約後に発作が起き、その発作が死につながった場合は、「告知義務違反」ともなりかねない。保険契約者には契約時に既往症として狭心症を告げる義務があり、保険金支払い時の項目において心臓病に関する病気での死亡は除外される。

つまり、遠藤博信は、生命保険の契約の前に狭心症の発作が起きていたのに、それを隠して契約したということになるのだ。

「カルテにはどう記載されていたのですか？」

「わたくしどもにも医師と同じように、守秘義務というものがありますから」

小中は、踏み込んだ質問には答えられません、というふうに薄い唇を引き結ぶと、「では、失礼します」と退室した。

16

父の遺影に手を合わせたまま小さくうなずくと、紀香は居間のソファに戻った。酒も飲めば甘いものも好きだった父親のために、横浜から有名菓子店のスコッチケーキを手みやげに買って来た。渡された佐智子が「じゃあ、お父さんにお供えするわね」と言ったのを、「わたしがする」とまた奪い返して、とりわけ好きだった抹茶味のスコッチケーキの袋を仏壇に供えたところだった。

「話があるんだけど、そっちに行ってもいい？」

そう電話をしたのは、紀香である。

何の話かは察しているようだが、佐智子は緊張のためだろうか、硬い表情をしている。佐智子の夫であり、紀香の父である博信が死んだのだから、当然、遺産相続は発生する。それに関する話でないはずがない、と思っているのだろう。

「コーヒー、冷めちゃうからどうぞ」

佐智子は、紀香が仏壇の前に座っていたあいだにいれたコーヒーを勧めた。天国の父親から力をもらうため、というわけでもなかったが、ずいぶん長く手を合わせていたのだった。

「せっかくだから、わたしもいただくわ。博信さん、抹茶味が好きだったわよね」

佐智子は、自分も抹茶味のスコッチケーキの包みを取り上げると、封を切って食べ始めたが、その口元もこわばった動きをしている。

「あら、紀香さんもどうぞ」

皿に手を伸ばさない義理の娘に微笑みかけるが、その微笑みもやはりぎこちない。

コーヒーに口をつけて、紀香は義理の母に聞こえないくらいのため息をついた。父親が生きていたときは、「ただいま」と玄関に入ることもあった実家に、「お邪魔します」と入った自分が情けない。

東急世田谷線の宮の坂駅から徒歩五分の場所にある閑静な住宅街の一角に、紀香が生まれ育った家はあった。博信の両親が遺してくれた家だが、祖父母は紀香が物心つくまえに亡くなり、その悲しみを忘れるためもあって、博信は自宅を大々的に改築したのだった。改築するにあたり、博信は、「台所から子供の様子が見えるように」という妻の要望を取り入れて、当時としては珍しいオープンキッチンにし、広々としたリビングダイニングの隣に和室を設けた。紀香は、中学校に上がるまで、二階の自室ではなく、一階のダイニングテーブルで、キッチンで食事の用意をする母親と向かい合う形で勉強をしていた。つねに母親の温かい視線を肌に感じていたものだ。そのときの記憶がよみがえり、胸が締めつけられた。

――この家をこの女に乗っ取られたのだ。

そのこと自体は惜しくはない。少なくとも、自分が愛した父が愛した女である。彼女が夫の思い出を胸にこの家に住み続ける分にはかまわない。

だが、ほかの男を引き入れるとなれば話は別だ。

「佐智子さん、最近、煙草を吸い始めたの？」

コーヒーカップをソーサーに戻すと、紀香は静かに聞いた。

「えっ？」

と、佐智子が虚を突かれたような顔をし、「いいえ」と首を左右に振った。

「何だか、煙草の匂いがするような……。でも、気のせいね」

そう言って、紀香はキッチンカウンターへ目をやった。隅にガラスの小さな灰皿が置いてある。博信は、再婚を機に煙草をやめていた。とすれば、あれは誰か別の人間のために用意されたもののはずだ。

「あ……ああ、あの灰皿、アクセサリー入れにちょうどいいと思って買ったの。このあいだ、テレビでインテリア雑貨を紹介していたのよ。灰皿やコップやお猪口を別の用途で使ってみましょう、って企画。ガラスの丸い灰皿、可愛いでしょう？」

そわそわと答えるなり、佐智子は、その灰皿を片づけるために席を立った。やはり、そうだ。片づけ忘れていたのだろう。あれは、高校の同級生だという「ハヤケン」こと林健二用の灰皿かもしれない。

「もう一人、お客さまが来ることになっているんだけど」

佐智子の動揺ぶりを確認して、紀香は、少し加虐的な気分になって切り出した。その「お客さま」には二十分ずらした時間を知らせてある。

「それは……保険会社の人？」

佐智子が訝しげな表情になる。

「そうじゃなくて、わたしの知り合い」

「どなた？」

「来てからのお楽しみ」

もったいぶった答え方をすると、

「何よ、それ」

笑いながらも、佐智子は不安を隠すようにせわしなく目をしばたたかせた。

「少なくとも、丸栄生命の小中さんじゃないわ」

さらに意地悪な物言いをしてやると、

「小中さんからは、連絡します、と言ったきり、まだ連絡はこないけど」

答える佐智子の顔から笑みが消えている。「何か問題があるのかしら」

「問題って？」

「えっ？　いえ、別に、何も……」

「契約者が死んだ場合、保険会社は必ず調査をするそうよ。だから、たぶん、調べている最中なんでしょう」

紀香は、不安を煽っておいてバッグから封筒を取り出すと、佐智子に突きつけた。

「お葬式の日、横浜のマンションにこれが届いたの」

生唾を呑み込む気配があり、佐智子が封筒を手にした。表と裏を見て、空の中をのぞいてから視線を上げる。

「博信さんの字ね」

「ええ」

「この桜田医院というのは？」

うろたえた様子の佐智子の問いに、紀香は答えずにいた。タイミングよく玄関チャイムが鳴った。来てくれたのだ。紀香は、黙って立ち上がると、玄関へ客人を迎えに出た。あの女性医師が来てくれるかどうかは賭けだったが、彼女は二つ返事で「うかがいます」と言ってくれたのだった。

「ご足労いただき、申し訳ありません」

頭を下げると、女性医師——望月美並は頭を軽く振り、口元をほころばせた。それが、紀香の目には〈あなたに協力するわ〉という意思表示に映った。

客人の正体を知った佐智子は、驚きを隠せずに、口をあんぐり開けた状態で立ち上がった。

「佐智子さん、望月先生はご存じですよね」

「あ……え、ええ」

「こんにちは。その節はどうも」

と、望月美並は短く挨拶する。

「ああ、ええ、こちらこそ、その節はお世話になりました」

佐智子はうわずった声で応じ、視線を女性医師から義理の娘へと戻し、その後、宙にさまよわせた。最前、義理の娘から見せられた封筒と夫の検死を担当した女性医師の出現をどう結びつけたらいいのか、必死に考えを巡らせているのだろう。

「どうぞ、そちらに」

客人にソファを勧め、台所へ向かおうとした佐智子を手で制して、紀香はコーヒーをいれに行った。

「何だか、妙な感じね」

佐智子は、こわばった笑顔を望月美並に向けてから、紀香へと振り向けた。「わたしだけが蚊帳《かや》の外に置かれているみたい。何か企んでるの？」

「それは、佐智子さんの被害妄想じゃないかしら」

紀香がそう応じたのは、テーブルに客人のコーヒーを運んで来たときだった。

「被害妄想？」と受けた佐智子は、わずかにムッとした表情になったものの、すぐに不安げな顔色に戻った。

「望月先生に来ていただいたのは、その桜田医院の住所を調べるのにご尽力いただいたからよ」

客人がコーヒーに手をつけたのを見て、紀香は本題に入った。

「桜田医院というのは？」

肝が据わったのか、封筒を手に佐智子が低い声で確認した。

「お父さんが以前、かかったことのある医院よ。たぶん、出張先で具合が悪くなったんでしょう。八年前だから、佐智子さんと結婚する前のことね」

「手紙は？」

佐智子は、もう一度、封筒の中をあらためた。何度見ようと、中身が出てくるはずがない。

「手紙なんて、最初からなかったのよ。お父さんは、自殺する前にこの封筒だけを桜田医院宛てに送ったの」

「なぜ、博信さんがそんなことを……」

佐智子は、声を詰まらせる。

「なぜ？　わたしも同じように思った。わかったのは、宛て先が正確じゃなかったから、差出人の住所に戻ってきたことだけ。望月先生のお力を借りて、この桜田医院というのを調べてみたの」

まだ自分の出番ではないと思っているのか、望月美並は黙ってコーヒーをすすっている。

「少なくとも、お父さんはわたしに何かを伝えたかった。それで、こんな不思議な形の手紙を出した。巡り巡って、娘のところに届くように祈ってね。つまり、これは、お父さんなりの遺書なのよ」

「遺書？」

佐智子は、声をかすかに震わせてから、

「それで、何を伝えたかったのか、わかったの？」

と、苛立ちを含んだ口調で尋ねた。

「ええ、大体はね」

紀香は、ふたたびもったいぶった答え方をして、「その前に、わたしから伝えることがあるの」と言い、身を乗り出した。「小中さんからわたしに先に連絡があったんだけど、お父さんは、自殺ではない可能性が浮上したそうなの」

「どういうこと？」

佐智子も身を乗り出し、検死を請け負った女性医師に義理の娘から視線を移した。

しかし、今度も望月美並は静観する構えを見せている。

「お父さんは、亡くなる前に狭心症の薬を服用していたのよね。それは、自殺する前に発作が起きていた可能性があるということ。お父さんは、結婚する一年前に、桜田医院で診察を受けている。処方されたのは、狭心症の薬。受診した日付と薬品名が記載されたカルテを小中さんが確認したわ。それなのに、お父さんは、佐智子さんを被保険者とする生命保険の契約時に、心臓関係の既往症については何も告げていない。それは、告知義務違反に該当する。したがって、心臓関係の病気、つまり、狭心症の発作が死につながった場合は、告知義務違反となって、被保険者に保険金は支払われないことになる」

紀香は、暗記している文章を読み上げるように感情を抑えて言った。

「そんなばかなこと、あるはずないじゃない」

佐智子の声が裏返った。

紀香が反応せずにいると、佐智子は、「ねえ、そうですよね」と加勢を促すように望月美並へと向いた。

「病死なんて考えられませんよね。そうですよね、望月先生」

「病死ではないと百パーセント言い切れますか？　と聞かれたら、そう断定はできない、という言い方しかできません」

望月美並は、ようやく答えた。うそは言っていない。いや、医師だからうそはつけない。

「首を吊っての窒息死より、発作での心臓停止がほんの一瞬早かったかもしれない。病死の可能性が一パーセントでも残っていれば、保険金はおりない。それが、生命保険会社の判断だそうよ」

紀香は言った。

「そんなばかな話、聞いたことがない。自殺を決行するまでは息があったってことだもの。いいわ。わたしが聞いてみる」

血相を変えて、佐智子が立ち上がった。小中に電話で確かめるつもりなのだろう。

「そのとおり、そんなばかな話、あるわけない」

そこで、紀香は芝居を終わりにした。「お父さんの死因は、病死じゃなくて自殺。ご心配なく。保険金はおりるわ」

「でしょう？」

佐智子は、腹から声を絞り出すように言って座り直した。ホッと安堵したような、興奮

したことを恥じるような気まずそうな表情になって、

「紀香さんも意地悪ね。後妻のわたしに保険金が入って、おもしろくない気持ちはわかるけど、そんなにつんけんしなくてもいいじゃない。遺産を独り占めするわけじゃないし。相続のことは、これから順々に話し合っていけばいいことだもの」

と、語調を柔らかくして続けた。

「紀香さんは、佐智子さんに意地悪をしたかったわけじゃないと思いますよ」

と、望月美並が紀香の弁護を開始した。「紀香さんは、お父さまが妻と娘に何を言い残したかったのか、それに気づいたのだと思います」

「博信さんが二人に言い残したかったこと？」

佐智子が眉根を寄せた。こんなときでも眉毛を弓形にきれいにカットし、眉尻をダークブラウンに描いている。

「わたしが検死したかぎりでは、小さな発作はともかく、大きな発作を起こした形跡はなかったと言っていいでしょう。少なくとも亡くなる直前には。でも、遠藤さんが狭心症の薬を服用していたのは、紛れもない事実です。発作が起きない状態で薬を飲んだ。そういう可能性もあります。それはなぜでしょう」

「なぜって……」

佐智子は、困惑した顔を義理の娘に向けたが、今度は医師の出番だと示すために紀香は黙っていた。

「遠藤さんは、奥さまを亡くされてから、一人娘の紀香さんを男手一つで一生懸命育ててきました。子育てをする上で遠藤さんが心がけたのは、親子のあいだに隠しごとはしない、ということだったそうです。それは、紀香さんから聞きました」

望月美並が確認するようにこちらを見たので、紀香は軽くうなずいた。

――自分に正直に生きる。うそはつかない。

それが父親の教えだったと、紀香はメールで望月美並に伝えていた。彼女からのメールで桜田医院の正確な住所を入手してはいたが、あえてすぐには返事をしなかった。先に生命保険会社に住所を伝えて、担当者が桜田医院を調査し、検死した医師のもとを訪れるころを見計らって連絡しようと考えたのだった。

「遠藤さん自身も、自分の心に正直に生きる姿勢を貫こうとしたのでしょう。それで、亡くなった妻以外に愛する人が現れたとき、自分の気持ちを娘に率直に伝えた。紀香さん、そうですよね？」

ふたたび、望月美並は紀香の首を縦に振らせると、患者に診断結果を告げるときのような冷静な口調で言葉を継いだ。

「遠藤さんにとって、愛する人との結婚生活は幸せなものだったのでしょう。とはいえ、二十歳も年の差があるのだから、自分のほうが先に人生を終える確率は高い。それで、愛する妻のために生命保険に入ったのです。過去に出張先で、心臓の痛みが原因で医者にかかった事実を伏せていたのは、保険の契約ができずに、妻の気持ちが自分から離れるのが怖かったせいかもしれません。遠く離れた土地の個人医院だし、そこまで調べられないだろうと楽観していたのでしょう。そのとおり、黙っていればわからなかったはずです。でも、遠藤さんは黙って見過ごすわけにはいかなかった。なぜならば、それは、愛する娘さんへの裏切りでもあるからです。遠藤さんは最期に、『うそをついていてごめん。真実を言うよ』と、紀香さんに告げたかったのだと思います」

そこで言葉を切り、女性医師は紀香を見た。紀香の目頭は熱くなっていた。

「じゃあ、何でこんなふうに……」

佐智子は、わけがわからない、というふうに首を激しく振って、汚いものを捨てるように封筒をテーブルに投げ置いた。

「それは、遠藤さんなりの愛情の示し方でしょう」

望月美並は、その封筒を取り上げると、よどみない口調で続けた。

「遠藤さんは、心から佐智子さんを愛していたのです。あなたにずっと添い遂げてほしかった。でも、旅先で狭心症の発作を起こし、薬が取り違えられているのに気づいたときに、あなたへの疑惑がわき起こった。旅に出る前、自宅であなたが薬を詰める状況や言動、それまで紀香さんから聞かされた話など、諸々を照らし合わせて、妻の本心を悟ったのでしょう。共に人生を歩むつもりでいた遠藤さんは、深く絶望したに違いありません。旅先の美しい自然や峻険な山並みを見て、『ここに眠りたい』と、発作的に自殺を決めたのかもしれません。遠藤さんが自殺したのは、検死したわたしが言うのですから間違いありません。でも、遠藤さんは、その前に、過去にかかった医院宛ての手紙を街中のポストに投函し、狭心症の薬を服用しました。予定外の展開だったから、医院の正確な住所は思い出せず、堺市の桜田医院としか憶えていなかったのです。宛て先不明の場合を想定して、娘の紀香さんのもとに届くようにしました。受け取った紀香さんが自分のうそを暴いてくれるはずだ、と計算したからです。それでも不安な気持ちがわずかに残っていたのか、紀香さんに確実に気づいてほしくて、狭心症の薬を一錠飲んでおいたのでしょう。だけど、中に手紙を入れたら、妻の佐智子さんを言葉で傷つけることになる。遠藤さんは、愛する二人の女性のどちらも傷つけたくなかったのです。だから、薬の取り違えの可能性についても手紙の形で書き残さなかったし、事前に妻に電話もメールもしなかった。たとえ、薬を故意にすり替えられたとしても、気づかなかったふりをしてあげて死んでいったわけです。

保険金のことも頭をよぎったかもしれませんが、自殺の形をとることによって、普通に妻に支払われると解釈していたはずです。心から愛した女性を不幸にはさせたくなかったのです。二人の女性を傷つけないためにはどうすればいいのか。旅先で、遠藤さんが短い時間で考えた最善の方法がこれだったのだ、これしかなかったのだ、とわたしは思います」

聞き終えたとき、紀香は、この女性医師を呼んだのは正解だった、と痛感していた。そして、自分の父親の検死を彼女に担当してもらったことを誇りにさえ感じていた。

「そう」

惚けたように受けた佐智子は、女性医師が手にした封筒をしばらく見ていたが、

「じゃあ、検死結果に間違いはない。生命保険の支払いにも影響はない。そういう結論でいいわね」

と、さばさばしたように言い放った。

「今日はこれまで。今後のことは次回、二人だけのときにしましょう」

ため息を一つついて、紀香は席を立つと、視線で望月美並を促した。多忙な医師を、これ以上、醜い私的な争いごとに巻き込んでは申し訳ない。

紀香は、お線香を上げさせてほしい、と申し出た望月美並を置いて、ひと足先に玄関を出た。

思いのほか長い時間、紀香は外で待たされた。

「『この家は女が一人で暮らすには広すぎる』と、佐智子さんは話していました」

家から現れた望月美並は、そう言った。

「ここを売るとしたら、紀香さんはどうしますか？」

「反対はしません。あの人には、ここを売って、どこかマンションにでも移ってもらったほうがすっきりします。そこなら、どんな男を連れ込もうとわたしはかまいません」

「そう。じゃあ、家の処分の話を、次回はお二人で」

望月美並は、明るい声で言った。

「ありがとうございました」

紀香は、改めて礼を言った。

「ぶしつけなお願いをしてすみませんでした。望月先生がいてくださったおかげで、感情的にならずに済みました。望月先生ならわたしの代弁をしてくれるに違いない、と思っていたんです。わたしの目に狂いはありませんでした」

「あまり買いかぶらないでください。わたしはただ、お父さまを検死した医師として来ただけですから」

てのひらを立てて首を左右に振り、あくまでも謙虚な姿勢を貫くと、「では、ここで」

と、女性医師は紀香とは反対方向へ足早に歩き出した。

17

顔を合わせたくないと思っている人間にかぎって、顔を合わせるものだ、と美並は中森を見て、誰かが言ったそんな言葉を思い出した。院内食堂のいつもの席でコーヒーを飲んでいたら、向こうから中森が大きな歩幅で軽快にやって来たのだ。

「望月先生、今日は早めのランチですね」

隣に座ると、中森は意味ありげに笑いかけてきた。

彼女には借りがある。何を要求されるのだろう、と身構えていると、

「例の桜田医院の件は解決しましたか？」

案の定、中森はストレートに聞いてきた。

「おかげさまで。でも、報告できないんです」

美並は、指で口にチャックしてみせた。医師の守秘義務、で大概のことは逃げられる。

「いいんです。最初から話を聞けるとは思っていませんから。病院に出入りするのは、製

薬会社の人間だけでないのはわかっていますし」

中森は、含みのある言葉を返した。もしかして、生命保険会社の人間と会ったところを見られたのかも、と思ったが、

「改めてお礼を言います。調べてくださって、ありがとうございました」

とだけ言い、それには触れずにおいた。

「わたしもお願いがあります」

中森は、彼女に似つかわしくなく甘えた口調で言った。

「優秀なＭＲさんに提供するようなビッグ情報はないんですけど」

「誰かすてきな山男を紹介してくれませんか？」

予防線を張ろうとした美並に、中森は顔を輝かせて言った。

「すてきな山男？」

拍子抜けして、思わず聞き返した。「山男って、山が好きな男性のことですよね」

「ええ、そうです。登山が好きで、スキーができて、高山植物にくわしくて、大木の一本も切り倒せるほどの力持ちで、日に焼けていて……と、そんな感じの男性です。年齢は問いません。二十代から四十代までと幅広く門戸を開いています」

「力持ちで、日に焼けていて……ですか」

言いながら、頭に浮かんでいたのは、いとこの峰雄の真っ黒に日焼けした顔だった。彼は登山も好きだし、スキーも滑れるし、チェーンソーも使える。高山植物にくわしいかどうかはわからないが、少なくとも山菜にはくわしい。ニリンソウとトリカブトも見分けられる。

「望月先生のおじいさまは、安曇野にお住まいでしょう？　そういう男性はご存じかな、と思いまして」

「どうして、山男が好きなんですか？」

「基本的に、山で遭難しても生き延びられるような野性的でたくましい男性が好みなんです。生命力にあふれた人で、自然の中で知恵を絞って生活できる人。雪道でタイヤにチェーンを難なくつけられたり、マッチがなくても火をおこせたり、雨漏りする屋根の修理もできちゃうような人。そんな男性、いませんか？　そんな人と家庭を持つのが理想なんです」

「容姿や性格に注文はないんですか？」

「とくには」

「でも、中森さんはいまのお仕事、どうするつもりなんですか？　結婚して田舎に引っ込む勇気があるんですか？」

容姿や性格を問わなければ、「生命力にあふれた山男」に心当たりがないわけではない。峰雄は車のチェーンも簡単に装着できるし、夏休みに林間学校に来る都会の子供たちに、薪を作らせたり、屋外でご飯を炊かせたりする指導をしたこともあれば、自宅の雨樋《あまどい》の修理などは朝飯前だ。だが、手近な男だからといって峰雄を紹介するのもどうかと迷い、中森の覚悟のほどを問うと、

「わたしじゃありません。妹の理想ですよ」

と、中森はあっけらかんと返して、笑い声を上げた。「大学の農学部で学んでいる妹が、山男とおつき合いしたい、将来、できれば結婚して信州に住みたい、とうるさいんですよ」

「へーえ、中森さんの妹さんが」

珍しい妹さんですね、という感想は控えた。中森本人ではなく妹だとわかって少しホッとしたが、大学生で結婚まで考えるとは早すぎる。

「体力のある若いうちから、自分の考える農業をやりたいと言っています。ホームページで調べたら、信州では空き家を安く売り出しているし、貸してくれるサービスもあるとか。空き家を借りて移り住む中高年が増えているそうですよ。近ごろは、若者の姿も見られるとか」

空き家が急増していることは、峰雄も話していた。

「やりたいことがあるのはいいことですよ。次に安曇野へ行くときに、いとこに誰か紹介してくれないかって頼んでおきますね」

美並は、気安く請け合った。顔の広い峰雄のことだから、山男の友人知人はたくさんいるだろう。峰雄よりも身なりに気を遣うデリカシーのある男性がいないはずはない。

「じゃあ、お願いします」

「今日は、あの間宮先生は一緒じゃないんですね」

コーヒーを飲む間もなく腰を上げた中森に、美並は急いで言った。

「とっくに名古屋に戻られましたけど」

「間宮先生は、転職をお考えになっているのかしら」

「さあ、どうでしょう」

口の堅いMRは、はぐらかすように首をかしげた。

「中森さんは、医療関係者の転職サイトを見たことはありますか？　そういう関係にお知り合いはいますか？」

「転職サイト、ですか？」

中森は、女性医師の真意を探るように目を細めて、

「研修医制度が新しくなってから、大学の医局に所属せずに、自力で職場を探す医師が増えているのは知っていますけど」

と、直接質問には答えずに、現状に言及した。「医師や看護師を派遣する会社に勤める知人もいます」

「仮定の話として聞いてほしいんですが」

そう前置きして、美並は言った。「わたしがここを辞めたとして、すぐにわたしのかわりが見つかると思いますか？」

「消化器内科の専門医がすぐに見つかるかどうかはわかりませんね。でも、間宮先生のような脳神経外科医よりは見つかりやすいはずですよ」

「そうですか」

「お父さまのご実家の医院、継がれることをお考えになっているのですか？」

ここを辞めるつもりなのか、とは聞かずに、中森はそう聞いた。

「迷っているんです。心が決まったらお知らせしますが、いまはまだ……」

言葉を濁した美並に、中森は、さっき美並がやったように口にチャックをするまねをした。

一人になると、コーヒーを飲みながら、ふたたび今後のことに思いを馳せた。昨日の佐智子の言葉も脳裏によみがえる。

「手に職のない女の考えなんて浅はかすぎる。望月先生は、そう思っているんでしょう?」

先に紀香が表に出て、二人になったとき、仏壇の前で手を合わせていた美並に佐智子は話しかけてきた。

「でもね、博信さんのことが好きになったのはうそじゃない。親切で責任感の強いところに惹かれて、わたしのほうから近づいたの。一人きりだったし、将来を考えると不安になって、安定した生活がほしかったから。わたしは、医者でもないし、紀香さんみたいに栄養士の資格を持っているわけでもない。でも、やっぱり、年が離れすぎていたから、物足りない気持ちもあったのね。結婚してから、タイミング悪く、昔の恋人に会ってしまって、彼がバツイチになったと知って、それで……」

言い訳めいたそれらの言葉を背中で聞き流していると、

「薬が取り違えられていたことは、問題になりますか?」

と、佐智子は声を落とした。

美並は、振り返って彼女を見上げた。佐智子は、怯えたような表情をしていた。

「たとえ、故意にすり替えたとしても、警察も保険会社も証明する術《すべ》はないと思いますよ。

あなたが自分の胸にしまっているかぎり、誰もわかりません」

そう返して、彼女の反応を見た。

「そうですか」

うなずくと、佐智子は家を処分する話題に転じたのだった。

――女はしたたか。

気がついたら、心の中でそんなふうにつぶやいている自分がいた。あなただって女じゃないの、と自ら突っ込みを入れ、苦笑した。昼休みはあと五分ほどだ。医局に戻る前に、龍太郎に電話をする必要がある。今回の検死の「顚末《てんまつ》」を報告するために、一度、大町に行かなくてはいけない。

医局から私的な電話はかけにくい。とくにいまは、病院を辞めるべきかどうか迷っている不安定な時期だ。誰にも聞かれたくはない。観葉植物に身体を隠すようにして携帯電話でかける。

「はい、望月内科医院です」

受けたのは、事務員の上條えりかだ。

「美並ですけど、おじいちゃんはいま、電話に出られますか？」

診療中で手が離せない場合もある。

「あら、若先生。大先生は、外出中ですけど」

若先生と大先生。二つの呼称がすでに定着している。

「往診？」

だとしたら、看護師の奥平も一緒のはずだ。

「それが、検死に呼び出されて」

「検死？」

「いつもの先生が不在みたいで、警察からこっちに電話があって。若先生がまたいらしているんじゃないか、と思ったみたいですよ」

なぜそう思うのかわからない。

「どんな検死なの？」

「市内のどこかの空き家で男の人が死んでいたとか。病死なのか何なのかよくわかりません」

空き家か。さっき、話題にしたばかりである。とっくに怪我が完治して診療を再開している龍太郎だから、元気になったと認識しているが、八十近くになって神経も体力も要する検死をするとは。空き家というからには、ほこりくさい空間に違いないだろうし。

「あとで、また電話します」

そう言って、電話を切った。「検死」と聞いて、気分が高揚《こうよう》している自分に美並は気づいた。

第二話　帰郷

1

人が住まない家は傷《いた》むという。長谷部《はせべ》朋子《ともこ》は、いまは空き家になった実家に足を踏み入れるたびに、その言葉を実感する。玄関のドアを開けた途端、ほこりが舞い上がる気がするし、あちこち窓を開け放してしばらくしないと、かびくささが消えない。

「人間の身体と一緒ね」

誰もいない空間で、朋子はひとりごとを言った。寝たきりで身体を動かさないと筋力が衰えるように、各部屋のドアはもとより、障子やふすま戸も閉めたままでいると、滑りが悪くなる。手足でも建具でも、定期的に動かさないと動きが鈍るということだ。

朋子が栃木《とちぎ》県鹿沼《かぬま》市の実家に来たのは、約一か月ぶりだった。前回来たときは、納戸の引き戸のたてつけが悪くなっていた。

台所を入れて一階に五部屋、二階に三部屋。都内に比べたら、贅沢なほどの広さだ。縁側の前に二人並んで縄跳びができるスペースの南向きの庭があり、反対側にはカーポートが設置されている。

まずは、各部屋に掃除機をかける作業から始めた。それから、絞った雑巾で廊下だけでなく、畳の上も拭いた。窓の汚れも気になったところだけ新しい雑巾を使って拭き取り、乾いた雑巾で磨いた。家の中の掃除を終えると、朋子は庭に出た。カーポートの陰になるところに、いつのまにか白いドクダミの花が繁殖している。湿気を好む花らしい。軍手をはめ、首に日焼け予防のタオルを巻いて、しばらくは雑草を抜く作業に専念する。花は花でもドクダミだから雑草だ。道具を用いて白い小花をはしから引き抜き、足下に盛っていく。気がつくと、夥《おびただ》しい数の蟻が花びらにたかっている。少し迷ったが、抜いた草花をほうきで掃き寄せ、塵《ちり》取りですくうと、蟻ごとゴミ袋に放り入れた。市で指定された燃えるゴミ用の袋だ。

カーポートのコンクリートも掃《は》き清めた。どこから飛んできたのか、コンビニのちぎれたポリ袋やペットボトルからはがれたパッケージの破片が落ち葉に混じっている。カーポートに自家用車はない。今回は、東京駅から新幹線を使い、宇都宮でＪＲ日光線に乗り換えて、この鹿沼市の実家までやって来た。

庭掃除を終えると、朋子は裏の小屋から三脚を運んで来た。三脚に乗って、四方に枝を伸ばした椿の木の塀を越えて隣家にはみ出した部分を、腕を伸ばして枝を引き寄せながら、専用の枝切りバサミで切った。ついでに、まだ隣家の敷地を侵食してはいないが、近い将来侵食するおそれのある何本かの枝を、思いきってハサミで切り落とした。切り取った枝を短くカットし、燃えるゴミ用の袋におさめてはじめて、朋子は安堵の大きなため息をついた。やっと肩の荷が下りた気分だった。

しかし、まだ「仕事」は残っている。

家に戻り、手をきれいに洗って、エプロンをはずす。脇汗をかいたTシャツでは失礼だろうと、和室の簞笥《たんす》にしまってあった防虫剤の匂いのきついブラウスに着替え、麻のカーディガンをはおった。

東京駅で買った手みやげを持ち、実家の敷地を一旦出て、隣家に向かう。隣家の敷地は、朋子の実家のような華奢なフェンスではなく、重厚なレンガの塀で囲まれている。漆黒の門扉の前に立ち、「かなもり」と彫られた表札を見ながらインターフォンに指を伸ばす。隣家に人の気配があるのは、掃除しながらそれとなく窓から様子をうかがって気づいていた。

押そうとして、指を引っ込める。何と言えばいいのか、頭の中で言葉を組み立てる。

――ご迷惑をおかけして、申し訳ありませんでした。

謝罪の言葉から始めるべきだろう。

あれは、一週間前のことだった。

朋子の勤める印刷会社は、京橋にある。美大でグラフィックデザインを学んだ朋子は、そこの商品企画部で食品の包装デザインを発案、企画する仕事に就いている。外部のデザイナーとの連絡役も務めていて、社内デザイナーとして経験を積んだ三十九歳の朋子は、主任の肩書きを持っている。

その日、チームミーティングを終えて会議室から出ると、「主任、電話です。栃木の自治会長の方とか」と、社員に声をかけられたのだった。

栃木。自治会長。二つのキーワードから引き出されるのが、いいイメージのものであるはずがなかった。

ざわざわした胸騒ぎを覚えながら電話に出ると、「ああ、長谷部朋子さんですね？」と、年配の男性の声が響いてきた。

「わたし、鹿沼市A地区の自治会長で山中《やまなか》と申しますが」

朋子の実家は、まさにそのA地区にある。

「お宅の庭木の件で、ご近所の方から要望がありましてね」

と、自治会長の山中は続けたが、〈苦情だ〉と直感した朋子は身体を硬直させた。

「いまの時期、枝の伸びが速いもので、庭木の枝が塀《へい》を乗り越えてお隣に入ってしまったりするんですよ。長谷部さんのところは、いまは誰もお住みになっていらっしゃらないとか。こちらの市には空き家条例というものがありまして、わたしどもの自治会では、管理不全な状態を未然に防ぎ、住民の方々の安全な暮らしを守る義務があるんです。そんなわけで、長谷部さんも毎日お仕事でお忙しいでしょうけど、定期的にご実家に帰っていただいて、庭木の手入れをしていただきたいんです」

「すみません。休みの日に、必ず実家に行きますので」

受話器を持って頭を下げながら、〈苦情を申し入れたのは、お隣の金森さんの奥さんね〉と、朋子は金森家の主婦の顔を思い浮かべていた。きれい好きだということは、まだ健在だったころの母から聞いていた。

前回、実家に行ったときには、花ごと地面に落下していたいくつもの赤い椿の花の片づけを時間をかけて済ませたものだった。伸び放題の枝のことは気にはなっていたのだが、花はもう片づけたのだから、枝のほうは次に行くときに何とかすればいいだろうと思っていた。当時、フリーのデザイナーに発注した仕事上のトラブルを抱えていて、頭がいっぱいだったのだ。

ついうっかりして、ひと月あいだをあけたら、実家は大変な有様《ありさま》になっていたというわけだ。そのあいだに雨風の強い嵐のような日もあったから、だいぶ隣家の敷地を落ち葉で汚したに違いない。

隣の金森家は、現在は長男の代になっている。自治会長に苦情を寄せたのは、その長男の妻だろう。六十を少し超えた年齢のはずだ。朋子がまだ実家に住んでいたころ、顔を合わせれば挨拶する程度の仲だった。長男夫婦は、朋子が中学生くらいのときに隣家で二世帯同居を始めたのではなかったか。朋子の両親が亡くなる何年か前までに、隣家の長男の両親も亡くなっていたのは知っている。二人いた金森家の息子たちがどうしたのかまでは知らないが、結婚して家を出たか、同居していても姿を見せないかのどちらかだろう。実家が無人になって以来、何回か帰省したが、一度も隣家の二人の子供たちとは顔を合わせていない。子供といっても、とっくに成人して、上はもう三十を過ぎているだろう。

インターフォンを押すと、待っていたかのように女性の声で応答があった。第一声、何と嫌味を言われるか、と朋子は身構えていたが、玄関から現れた金森夫人の顔はにこやかだった。彼女は前かがみに門扉まで来ると、「ああ、朋子ちゃん。このたびは、ごめんなさいね。お気を悪くされたでしょう?」と、拍子抜けするほど低姿勢で切り出した。

「いえ、そんな。ご迷惑をおかけしたのは、こちらです。すみませんでした」

深々と頭を下げて、朋子は「つまらないものですが」と、菓子折りの入った紙袋を差し出した。金森夫人には特別な恩義を感じている。

「いいのよ、こんなお気遣いは」

恐縮するそぶりを見せながらも、金森夫人は紙袋を受け取って、「あら、これ、好きなのよ」と中をのぞきこんだ。「このクッキー、東京駅と、あと日本橋だったかしら、二つくらいのデパートでしか売ってないのよね」

「ああ、ええ」

やけにくわしい、と訝ったら、

「ほら、うちの上の子も東京に住んでいるから」

と、金森夫人は声を弾ませてから、少し顔をしかめた。「うちの子も同じよ。東京からだとそんなに遠くはないと思うんだけど、めったに帰って来なくてね。栃木のこのあたりって、中途半端に田舎なのかしら」

「すみません。ちょっと仕事がたてこんでいて、なかなか帰省できずに」

東京からの距離の話になったので、ふたたび謝罪すると、朋子は肝心な点を強調した。

「いちおう、うちのほうから伸びた枝は切っておきましたので、大丈夫だとは思いますが」

家の中からのぞくかして、とっくに気づいているだろう。

「あら、それはどうも。ごめんなさいね。お休みの日に呼び出すようなまねをしちゃって」

金森夫人は、両手をもみ合わせた。

「でも、よそさまの庭木を勝手に切るわけにもいかないでしょう?」

「あ……ああ、そうですね。すみません」

勝手に切ってもらってもいいです、と言いそうになって、朋子はあわてて言葉を呑み込んだ。

「全国的に空き家が増えているんですってね」

すると、金森夫人は、一般的な社会問題に話題を発展させた。

「田舎のほうが空き家が多いように思えるけど、統計で見ると、都市部のほうが多いんですって」

「そうですか」

朋子もその実態はよく知っている。総務省が五年ごとに発表している住宅・土地統計調査によると、二〇〇八年の全国の空き家は七百五十七万戸にのぼり、総住宅数の十三・一パーセントを占めるという。東京と埼玉、神奈川、千葉の四都県の空き家は約百八十六万戸で、五年前の調査より二十万戸あまり増えた。朋子が細かな数字までしっかり記憶しているのには理由がある。両親を相次いで亡くしたため、朋子の実家は空き家になった。妹の菜摘《なつみ》は、結婚して現在は福井に住んでいる。夫は転勤の多い仕事だし、小学生の子供が二人いるので、なかなか実家に顔を出すことはできない。必然的に、東京に住んでいる独身の朋子が定期的に帰省して、実家が「廃屋」にならないように目を配らないといけないのだ。

――空き家になった実家をどうするか。

目下、それが最大の関心事であるから、「空き家」に関するニュースや記事には敏感にならざるを得ない。

「わが家もいずれは直面する問題かもしれないわ」

金森夫人は、他人事じゃないのよ、と緩やかにかぶりを振りながら言葉を継いだ。

「息子たちに『こんな田舎、嫌だ』って言われたらどうしようもないし。外壁を塗り替えたり、雨樋を直したり、庭木の手入れをしたり、そういう面倒なことはごめんだって言ってるわ。鍵一つで暮らせる都会のマンションのほうがよっぽどラクだってね」

はい、と朋子は大きくうなずいた。わたしも同じだ。

「空き家バンクって知ってる？　空き家を人に貸すこともできるのよ」

金森夫人は、少し声を落とした。

「聞いたことがあります」

こちらもよく知っている。実家を片づけてしかるべく業者に委託し、管理費などの手数料を払って家賃を得るシステムだ。行政が公的に請け負っている場合もある。

「そういうのも考えてみてもいいかもしれないけど、いざ貸すとなると迷うわね。それに、どういう人に貸せばいいのか、本当に信頼の置ける人なのか、気になる人もいるだろうし」

後者のほうが彼女にとっては重大事なのだろう。金森夫人は眉をひそめると、さらに声を落とした。

「いずれにしても、管理をちゃんとしないと怖いわね。空き家は犯罪の温床になりやすいんですって。ほら、信州のどこかで事件があったじゃない。安曇野の北のほうだったかしら。空き家で男の人の遺体が発見されたけど、どこかで殺されてそこに運ばれたんじゃないか、って」

「怖いですね」

それは、本当に怖いが、まだやりたいことが残っている。調子を合わせておいて、

「とにかく、これからは、少なくとも半月に一度は家のメンテナンスに帰って来ますので」

と話を切り上げようとしたら、

「それにしても、早すぎたわよね。朋子ちゃんのお父さんもお母さんも。うちは二人とも八十代だったからまだ諦めもついたけど、そちらは、まだこれから老後を楽しむという年齢だったのに、思いがけなく……」

「仕方ありません。父も母も寿命だったんでしょう。片づけが残っていますので、これで失礼します」

今度こそ、朋子は話を切り上げ、自宅の敷地に戻って行った。

2

「本当に、お父さんもお母さんも早すぎたよ」

朋子は、写真の二人に向かってなじった。

「何で、二人ともこんなに早く逝っちゃったのよ」

遺影の中の二人は、何をそんなに怒っているのよ、と言いたげな表情で笑っている。

仏壇には、隣人の金森夫人に渡したのと同じクッキーを供えてある。両親して甘いものが好きだった。酒を飲まなかった朋子の父親だったが、十年ほど前に糖尿病を患い、昨年の春に体調を崩して入院したところ、肺炎であっけなく亡くなってしまった。

「あなたたちが出て行ってからは、お父さんが生きがいなの」

と、臆面もなく言っていた朋子の母親は、その最愛の夫のあとを追うようにして、半年後にくも膜下出血で亡くなった。庭で倒れていたのを発見したのは、隣の金森夫人だった。すぐに救急車を呼んでくれたのだが、病院から連絡を受けた朋子が駆けつけたときには、すでに意識のない状態で、意識が戻らないままに二日後に息を引き取った。父親の享年は七十一。母親はまだ六十九歳の若さだった。

「でも、お姉ちゃん、親が寝たきりになって、子供たちが遠距離介護を何年も続けるケースもあるんだもの。それに比べたら、お父さんもお母さんもわたしたちに苦労をかけずにあっさりと旅立ってくれたんだから、立派だったと思ってあげないと」

早すぎる、と嘆く朋子を、妹の菜摘がそんな言葉で慰めてくれた。

「それに、わたしが福井から駆けつけたときは、お母さんはまだ息があったし。お父さんだってそうだった。あれは、わたしを待っていてくれたってことだもの、神様に感謝しないとね」

菜摘の言葉に励まされた自分を思い出して、朋子も弱い笑みを顔に浮かべ、

「いまは、天国で二人一緒なの？　だったら、幸せだよね」

と、遺影に語りかけた。

近くのテーブルに置いたスマートフォンが鳴り、朋子は手を伸ばした。実家の電話はとっくに解約している。光熱費がかさむため、実家の整理に来て帰るときは、冷蔵庫のコンセントも抜いて、ブレーカーを切っておく。したがって、夜になっても、この家には明かりがつかず真っ暗だということだ。明かりのつかない家の隣に住む金森夫人の心細さを、朋子は理解できないわけではないのだが、独り身だからといって、いますぐ仕事を辞めてここに帰るわけにもいかない。ガスも水道もまだ止めてはいないが、空き家状態が長く続くと、配管が腐食したり、凍結したりするおそれもあるという。二年目の冬を前に、元栓を閉めるべきかどうか決めなければならない。

「お姉ちゃん、ごめんね。行かれなくて」

甘えたような菜摘の声が聞こえてきた。実家に行くことは伝えてあった。

「いいのよ、あんたは遠いんだから」

家庭もあるし、と言い添えると、

「夏休みになったら、わたしも少し長くいて、家の中の整理をするから」

菜摘は、ふたたび「ごめん」と謝った。

「そうね」

朋子は、大きなため息をついた。遺品の整理もまだ残っている。遺品と呼ぶには大きすぎるピアノも居間に鎮座している。子供時代に娘たちが習っていたピアノを「もったいないから」と、母親が大人の手習いとして弾いていたのだ。両親まとめての一周忌を秋に控えてもいる。親戚は少ないが、慶弔の行事にうるさい輩もいる。のちのち何らかの世話になるかもしれないから、疎遠にはならないでおきたい。

「申し訳ないから、お姉ちゃんに少し送金しとくね」

「そんなの、いいわよ。そっちも子供たちにお金がかかるでしょう?」

「でも、正彦《まさひこ》さんが『そうすれば?』って言ってくれたから。君はすぐに動けないんだから、せめてお金で援助してあげないと、って。鹿沼の家のメンテナンス費用だと思って」

理解ある夫の名前を出すと、「じゃあ、よろしくお願いします」と、あらたまって言って、菜摘は電話を切った。

朋子は、自然と顔がほころんでいるのに気づいた。仏壇へと戻り、引き出しから家族四人が写っている写真を取り出して見入る。菜摘の結婚が決まった直後だから、十二年前。まだ二十七歳と二十五歳の姉妹が、玄関の前で、両親に挟まれて仲よく並んで微笑んでいる。撮影したのは、当時、菜摘と婚約していた正彦だった。短大を出て地元のスーパーに就職した菜摘は、いつどこで菜摘を知ったのか、近くにあった地方銀行の行員の正彦に見初められた形になり、はじめてのデートでいきなり求婚されたのだ。

「それだけ、わたしを好いてくれたってことだから、何となくうまくいきそう」

と、菜摘は即座に応じた。結果、予想どおり、結婚生活はうまくいっている。

「妹に結婚で先を越されて、おもしろくないでしょう？」

口の悪い友達にはそうからかわれたりもしたが、

「そんなことないよ」

と、朋子は笑顔で言い返した。妹の結婚を心から祝福し、妹の幸せを心底望んでいたからだ。菜摘は、幼いころから「お姉ちゃん、お姉ちゃん」と、つねに二つ年上の朋子を慕い、顔を立ててきた。均等に分けないと駄々をこねる妹もいるというのに、姉のおやつが大きいのは当然、と朋子に大きなほうのケーキや飴玉を数多く渡した。友達の家に遊びに行って、おやつをもらうと、必ず半分残して家に持ち帰り、「はい、お姉ちゃんに」と朋子に分け与えた。

結婚して子供の二人いる母親になっても、そんな妹のやさしさやけなげさは変わらない。どちらかというと物事を悲観的に考える姉に対して、「大丈夫、何とかなるよ」と、楽観的に考える菜摘である。彼女の明るさゆえに、円満で幸せな家庭生活を築いていられるのかもしれない。

朋子は、菜摘に余計な心配をかけずに、ずっと姉として彼女を守り続けていきたいと思うのだ。

続けて、スマートフォンが反応した。メールが届いたらしい。

——トモは実家ナウ？　ヤギちゃんは北海道ナウ！

おどけた調子の短いメッセージだが、菜摘の思いやりのこもった言葉で温かくなった心がさらに温まった。メールをよこしたのは、朋子が人生ではじめて「パートナーにしたい」と思った男、八木沢寛治《やぎさわかんじ》だった。仲間うちでは「ヤギちゃん」と呼ばれていて、メールや手紙にトレードマークの山羊のマークを入れてきたりする。北海道に遊びに来ている、という意味ではない。北海道に仕事に来ている、という意味だ。八木沢の存在は、まだ菜摘にも話していない。

——どこの山？

朋子は、交際相手の八木沢にそう返信した。どこの山に登るのか、と聞いたのだ。

——将来は、もっとも需要のある北アルプスの麓《ふもと》に住みたい。北アルプスはアプローチがよくて、登山者のあいだではやっぱり人気ナンバーワンだ。それに、長野はほぼ日本の中心だから、どこに行くのにも便利だし、いい物件もありそうだから。

——わたしもデザイナーとして、そろそろ独立してもやっていける自信がついたし、信州に移住するのもありだと思う。

二週間前に、都内で会ったときに交わした会話が脳裏によみがえる。

——俺の仕事には危険が伴うから、子供はほしくないんだ。

——わたしの年齢だと、もう子供を望むのはむずかしい。ネット環境さえ整っていれば、デザインの仕事はどこにいてもできる。

価値観と将来設計が一致し、朋子は、「山岳ガイド」という肩書きを持つ男との結婚を決意したのだった。

——山岳ガイドとグラフィックデザイナー。

自然の中での、子供を持たない、自由で創造的な二人だけの生活。

自然を求めて田舎暮らしを実現させた人たちの体験談を雑誌で読むたびに、朋子は期待に胸を膨《ふく》らませた。しかし、信州に移住し、そこを永遠の住処にするという二人の夢を叶えるためには、この実家をどうするか決めなければいけない。売るか、貸すか、誰かに管理してもらうか。売るにしても、更地にして売るか、リフォームして売るかの選択肢がある。いずれにしても、費用がかかるし、更地にしてすぐに売れないとなると、固定資産税の額も違ってくる。いまの朋子にとっての実家は、頭の痛い「物件」である。どう処分するか、自分だけでは決められない。八木沢の存在も含めて、実家の処分について、菜摘に切り出すタイミングを考えているところである。家族の思い出がいっぱい詰まっているこの実家を処分してもいいと、菜摘が考えているのかどうか……。

しばらく待ってみたが、八木沢から返信はない。天候や登山者の体調などに左右されて、日程変更も多い仕事である。北海道のどこかはわからないが、登山となればそれなりに険しい場所だろう。電波の届かない場所に入ってしまった可能性もある。

朋子は、大きなため息をつくと、シャワーを浴びるために洗面所へ行った。シャワーを浴びながら、頭に浮かんだのは、家の片づけや庭掃除で出たゴミを詰めた二つの大きな袋だった。

——夜間のゴミ出しは禁止。早朝に出すこと。

ゴミ出しのルールは厳しく決められている。夜間に出して、放火でもされたら大変だからだ。早朝のゴミ出しのためだけに、実家に一泊し、月曜日の朝まで過ごす。会社には遅れて出勤する旨を報告してある。無人になったことで隣の金森家には迷惑をかけている。頼めば引き受けてくれるだろうが、ゴミ出しまで甘えるわけにはいかない。

その夜、朋子は、かびの臭いの抜けない布団にくるまり、眠りに落ちた。

3

「若先生が引き受けてくださって、こちらは大いに助かります」

大久保に現場写真と遺体の写真を見せてもらっていた美並は、やあ、やあ、と張りのある声で部屋に入って来た荻原署長に面食らった。

「まだ決めたわけではありませんから」

「警察医」を引き受けた、と勝手に決めつけて歓迎する態度の荻原署長に釘を刺したが、

「いや、でも、今回は、大先生に検死していただいたわけで、若先生がまたこうしてわざわざ確認に来てくださったわけで」

と、満面の笑みを崩さずに言い返された。

そのとおりだから、美並は返す言葉に詰まった。

大町市穂刈《ほかり》町の空き家で発見された変死体を検死したのは、祖父の望月龍太郎で、孫娘の美並がこうして確認に来たのは事実である。だが、ふたたび父の郷里にやって来たのは、遠藤博信が自殺した「事件」の顚末を祖父に報告するのが一番の目的だった。

しかし、「空き家で遺体が発見された」と聞いて、血が騒いだのもまた事実なのだ。祖

父の家に着くなり、大町警察署へ車で駆けつけるという荻原署長に期待を抱かせるような行動をとってしまった。

「遺体の身元はわかったんですか？」

警察医を引き受けた、と思いたければそう思わせておけばいい。興味のほうが勝って、美並は荻原署長に聞いた。

「いえ、まだです。行方不明者リストと照らし合わせているんですがね」

荻原署長は顔をしかめた。

「空き家の所有者に心当たりは？」

「所有者は県外在住の男性ですが、まったく知らない人間だと言っています」

遺体はだいぶ腐乱していたという。発見されたのも近所の人間が異臭に気づき、知り合いの民生委員を通して所有者に連絡したからだった。性別は男性。推定年齢は、四十代から五十代。家の所有者は、母親を十年ほど前に、父親を数年前に亡くし、実家を空き家状態にしていたという。

「施錠されていない裏口から男性が入り込んで、密かに生活していた。そういう状況も考えられますね」

「ええ、まあ、人目につかないように出入りしていた可能性もないとは言えませんね。こんな風光明媚でのどかな安曇野の地に、どこからやって来たのか」

荻原署長はますます顔をしかめたが、すぐに笑顔を取り戻すと、

「でも、有能な大先生のおかげで、迅速に正確な検案をしていただくことができました」

と、満足そうに言った。

「すっかり、警察医の跡継ぎにされちゃいましたね」

じゃあ、若先生を頼むよ、と部下の肩を叩いて荻原署長が退室すると、叩かれた肩をすくめて、大久保が小さなため息をついた。

「でも、ぼくもそのほうがありがたいですけどね」

――遺体の後頭部に骨が陥没《かんぼつ》した跡が数箇所見られる。転倒して頭を打ち、それが死につながった可能性、あるいは、鈍器のようなもので殴られたことによって亡くなった可能性も否定できない。

検死の結果、そう判断したのは龍太郎だった。それで、変死体は、事故のほか他殺の可能性も考えられるとして、すぐに司法解剖に回されたのである。司法解剖は、松本市の信州大学の法医学教室で行われる。

「遺体の腐敗がだいぶ進んでいました。陥没した跡が何箇所か見られますが、小さいものもあり、見落としてしまう可能性もあります」

写真を指差して、改めて大久保が言った。

発見時の遺体は、うつぶせ状態で、両手は万歳するような形に、足は伸ばした形に倒れている。着衣は、ジーンズに白いランニングシャツだ。Tシャツや上着は身につけておらず、裸足だ。所持品は見当たらない。したがって、身元もすぐにはわからない。

「いまのところ、家の中で争った形跡はないですね。ものが壊されたり、鈍器が見つかったりはしていませんから」

大久保の表情が引き締まった。

「家の中で転び、それが死因となったとしても、血痕が付着したような場所は見当たりません。玄関に、男性が履いていたと思われる靴もまだ見つかっていませんし」

「亡くなったのと発見された場所は違う。そういう意味ですね？」

「ええ」

「遺体が運ばれたとなると……」

そこまで言って、美並は言葉を切った。事故死なのか、殺害されたのか、まだはっきりした死因はわからないが、いずれにせよ、亡くなった場所と発見された場所が違うとなれば、「死体遺棄事件」として刑事事件に発展する。もっとも、どこかで自ら頭を打ち、ふらふらした状態で空き家に忍び込んだ末に倒れて亡くなった、という状況も考えられないわけではない。だが、事件性が濃いケースではある。

——こんな風光明媚でのどかな安曇野の地に……。

荻原署長の言葉が頭の中で繰り返される。

——美並、これは厄介な「事件」に発展するかもしれないぞ。

出がけに龍太郎にかけられた言葉も思い出された。二十年以上も検死を続けてきた龍太郎である。遺体を目の当たりにして受ける直感力は鋭いはずだ。

「もし、この男の人がどこかで誰かに殺されて、ここに運ばれたとしたら……」

美並が最悪のケースを想定してつぶやくと、

「殺人事件なんて、ここに赴任してはじめてですよ」

大久保は、顔をこわばらせて言った。

4

診察室のドアをノックすると、「どうぞ」と、いつもより低い祖父の声が応じた。美並は、ドアを開けた。

白衣をはおった祖父が机に向かっている。カルテに記入しているのだろう。

「急患だったんですって？」

「ああ」

振り返らずに、祖父は答える。警察署から帰宅し、報告するために祖父を探していると、

「おじいちゃんは診察室よ。患者さんの家族から電話があったの」

と、八重子が告げたのだった。

「大町市には当番医がいるんでしょう？」

日曜日だから、望月内科医院は休診のはずだ。休日のために、市内には休日緊急当番医制度が設けられている。休日に、病院や医院などの各医療機関が持ち回りで救急患者の診療を行うシステムである。

「当番医がいても、ずっとうちにかかっている患者さんだとむげにも断れんだろう」

そう言うと、記入が終わったのか、祖父は椅子を回転させて孫娘へと向いた。祖父——望月龍太郎は、医師の目をしていた。

——白衣を着たおじいちゃんは、母屋でくつろいでいるおじいちゃんとは明らかに違う。オーラを放つ龍太郎がまぶしくて、美並は目を細めた。やっぱり、おじいちゃんは、浴衣よりも白衣が似合うな、と思う。診察室で発せられる龍太郎の声も、母屋で聞く声とは違い、威厳が宿っているように感じられる。

「で、どういう急患だったの?」

「まあ、たいしたことはない。ただの風邪だ」

龍太郎は笑ったが、身を乗り出すと、

「ただの風邪だからって、侮ってはいかんぞ。それはおまえもわかっているよな」

と、少し怖い顔を作った。

「風邪は万病のもと。そういうことわざは肝に銘じていますから」

美並も笑顔で受けた。自分が診ている患者だからと、休日でも断らずに診療する龍太郎を誇らしく思うと同時に、地域の開業医の煩雑さと苦労も思った。診察室に入るときは、必ず着替えて白衣をはおる龍太郎である。それは、自分に気合を入れるための儀式の一つなのかもしれない。

「警察署からの帰り道、遺体が発見されたっていう空き家を見て来たの」

と、美並は言った。立ち入り禁止のテープが張り巡らされた敷地の手前に停車させて、運転席の窓を開けてしばらく様子を見ていた。北アルプスの山々と並行して市内の西側を北から南へと流れる高瀬川沿いに、その空き家はあった。八軒ほどがかたまった集落だが、発見現場となった空き家は、空き地とトタン屋根の物置小屋に挟まれる形で、一軒ぽつんと独立して建っていた。空き地には雑草が生い茂っていた。家の前は舗装された道路だが、裏手が高瀬川の堤防で奥まった場所にあるので、交通量は多くはない。

「あの遺体は、あそこに運ばれたんだろうな」

と、龍太郎が言った。

「どうしてそう思うの？」

「実際に足を踏み入れた者の勘だよ」

龍太郎は、ベテラン刑事のような言い方をする。

「あの家からは、人が生活していたという空気が感じられなかった。それから、着ていたシャツが汚れていなかった。血痕などが付着していなかったから、誰かが汚れた上着を脱がせてあそこに運んだとも考えられる」

推理ドラマのような場面を想像してしまった美並に、

「ああ、そこはもう警察の領域だな」

と、龍太郎はわずかに口元を緩ませて言った。

「腐敗が進んでいたようだけど、死後どれくらいたっていたの？」

検死した医師の立場に戻らせる。

「二週間くらいだな。このところ、蒸し暑い日が続いていたから、腐敗の進行が速かったんだろう」

「腐敗臭は強烈だったでしょうね」

「そのはずだと思うが、近所の人間が気づくのが遅れたのは、あの家が離れて建っていたからだろう」

「遺体の身元はまだわかっていないと言ってたけど」

そう報告して、空き家ね、と美並は言葉を継いだ。

「ああ、空き家だ」

と、龍太郎も万感の思いがこもったような声で受けた。「その空き家がいま、市内では急増しているらしい」

「峰雄もそう言ってたわ」

子供が都会に出たまま帰らず、年老いた両親が死んで、そのまま空き家になるケースが増えている、と言っていたが、まさに今回がそのケースに相当する。

「所有者の中には、郵便物の管理や防犯措置などを行っていない者も多く、老朽化による倒壊やごみの不法投棄、放火などが増えるおそれもあって、大きな社会問題となっている。遺体が発見された家も、裏のサッシ戸の鍵が一つ閉まらなかったらしい。ドアが歪んで鍵が閉まらない箇所があるのを知っていて、所有者が放置していたのかどうか」

「空き家の増加は、ここだけの問題じゃなくて、全国的な問題みたいだけど」

言いながら、美並の脳裏に浮かんできたのは、昭和レトロの趣を残したあの建物だった。

「桜田医院」

その名前を口にし、暗記している住所を歌詞のように口ずさむと、廃院になった建物に新たな命が吹き込まれる気がする。

「何だそれは」

と、龍太郎が白いものの混じった眉毛を寄せた。

「閉院した堺市の診療所よ」

「空き家つながり」から、遠藤博信の「事件」の顚末を報告する流れが自然に生じた。病院の外来日に、遠藤博信の娘の紀香が患者を装って現れたこと、父親が安曇野から投函した桜田医院宛ての手紙を見せられたこと、遠藤博信が妻の佐智子を受取人としてかけていた生命保険の件で、調査員が病院に訪ねて来たこと、後日、紀香に頼まれて、彼女が佐智子と話し合いを持つ場に立ち会ったこと……。

龍太郎は、口を挟まずに、ときどきうなずくだけで報告を聞いていた。

「大先生は、患者さんの目を見ながら、熱心に話を聞いてくれる、って評判がいいんですよ」

とは奥平の弁だが、真剣なまなざしで耳を傾けてくれる龍太郎を見ると、そのとおりだと美並も納得する。

「大阪まで行って、その廃院になった桜田医院を見て来たの」

ふむ、そうか、と龍太郎はうなずく。

「おじいちゃんは、わたしが出すぎたまねをしたと思う？　保険金を巡る後妻と娘の骨肉の争い、ってほどでもないけど、結果的には、プライベートな話し合いにまで首を突っ込む形になったわけだから」

「そりゃ、やりすぎだよ」と、とがめられるに違いない。身体を縮こまらせた美並に、

「おまえの性分《しょうぶん》なら仕方ないな。頼まれたら嫌とは言えない。困っている人を見たら、手を差し延べてやりたくなる」

ゆっくりと首を左右に振りながら、龍太郎は言い、こうつけ加えた。

「公園に捨てられていた子猫を拾って帰った、小学生のころと少しも変わっていない。好奇心旺盛で、世話好きで、お人よしで……。多少、でしゃばりのところがないとは言えないがな」

「医師としての職務を逸脱《いつだつ》していると思う？」

「逸脱しているとは思うが、悪いことだとは思わんね。死者が伝えたかったことを、かわりにおまえが伝えてやったと思えばいい」

「そうだよね」

祖父の言葉に、美並は励まされ、勇気をもらった気がした。あいだにお父さんを挟んでいるとはいえ、おじいちゃんとわたしは血がつながっている。やっぱり、二人の距離は近い。価値観が同じなんだ。

「その桜田医院のことはどう思う？」

八十歳近いベテラン開業医の心の奥底にある本音を知りたくて、おそるおそる質問を向ける。

「どうって？」

と、龍太郎は少し訝るような口調で問い返す。

「八十代の院長先生が亡くなったの。奥さんはかなり前に亡くなっていて、娘が二人いたんだけど、どちらも結婚して家を出て行き、跡取りがいなくなって、閉院することになったそうなの」

「跡取りがいないのなら、閉院してもやむを得んだろうな」

「寂しいとは思わない？」

「なぜ寂しいと思うんだ？」

龍太郎は、くるりと椅子を回転させると、ふたたび机に向かってしまった。記入する内容もないくせに、カルテを確認するふりをする。

そんな祖父の後ろ姿を見て、美並は苦笑した。強がっている、と思った。白衣の後ろ姿は寂しそうだ。

──素直じゃないな。

「あの絵、お父さんが描いた絵よね」

そこで、美並は壁の山の絵に話題を転じた。蓮華岳と爺ヶ岳と鹿島槍ヶ岳。この診察室の窓から眺望できる北アルプスの峰々だ。

龍太郎は、ちらりと壁へ視線を投げたが、何も言わなかった。

「どうして、息子の絵を飾ってるの？」

「八重子が勝手に飾ったんだろう」

と、龍太郎は答えた。ふだん、孫娘の前では妻を「おばあちゃん」と、孫娘の視点で呼ぶ龍太郎である。妻を名前で呼ぶときは、甘えているときか、少し気分を害しているときか、あるいは無防備なときだ。

「でも、おじいちゃんが長時間を過ごしている診察室に飾っているってことは、気に入っている絵なんじゃないの？」

「アートセラピーってやつさ」

患者の目を見ながら診察するのが自慢の龍太郎が、視線を孫娘からそらせて言った。

「こういう山の絵に癒されて、痛みが和らぐ患者さんもいるんだよ」

「お父さんも似たようなことを言ってたわ」

美並は、おかしくなって噴き出した。父から息子へＤＮＡは受け継がれている。価値観が同じ部分があるということだ。

「医者ならアートセラピーの知識くらい備えているさ」

龍太郎は、孫娘に笑われて照れたのか、怒ったように言い返した。

「わたし、安曇野に帰って来ちゃおうかな」

ボールを空に放り投げるように、美並は軽い口調で言った。帰って来る、という表現は正確ではない。が、「帰って来る」という表現がいまの美並の心情にぴたりとはまるのだ。東京にいても、つねに自分の魂は安曇野にある、そういう感覚でいるのだから。

「病院勤めがきつくなったのか？」

カルテから目を上げずに、龍太郎が聞いた。

「当直があるからとか、検査がたてこんでいるからとか、そういう現状から逃げ出したいという消極的な理由じゃなくて、こっちにもっとわたしを引き寄せる何かがある、そういう前向きな理由からだとしたら？」

それは何だ、とは龍太郎は問わない。

「わたしがここで一緒に仕事をしたい、と言ったら、おじいちゃんはどうする?」

龍太郎は、黙ってカルテを一枚めくった。だが、その下に新たなカルテはなく、現れたのは、下敷きがわりの製薬会社からもらった薬品名入りのクリアファイルだった。

「警察医を引き継ぎたい、と言ったら?」

ついに、はっきりとそれを言葉にした。龍太郎が務めていた大町警察署の嘱託医だ。

「まだ早いと思う?」

龍太郎は答えない。

「早いかもしれないけど、おじいちゃんがそばにいてくれれば、わたし、できそうな気がするの。おじいちゃんの適切なアドバイスさえあれば」

「それは、俺が決めることじゃない。美並、おまえが決めることだよ」

龍太郎は息を吸い込み、一気に吐き出すと、ようやくそう答えた。いつもは孫娘の視点に合わせて、自らを「おじいちゃん」と称する龍太郎だが、「俺」を使うときは本音を語るときか、やはり、単純に無防備なときだ。

今度は、美並が黙る番だった。

「俺はそれで失敗したんだ。おまえのお父さんのときには」

そう言い募った龍太郎の顔には笑みがあり、目にはやさしい光が灯っていた。

5

「わあ、甘い！」

もぎ取ったばかりのまだ青い部分の残るトマトを丸かじりして、美並は感嘆の声を上げた。ただ甘いだけではない。たっぷり含まれた水分には適度な酸味もある。

「まだ早いけど、うまいずら？　真っ赤に熟す直前のほうがうまいという説もある」

峰雄は、得意そうな表情で言った。

「東京で食べるトマトと全然違う。すごく甘い。どうしてなんだろう。東京にだって、信州産のトマトは売っているのに」

「うちの畑のトマトだからさ」

峰雄は、胸を張って答えておいて、

「やっぱり、自然の中で食べると、おいしく感じられるんだよ」

と、都会人に説明するように言い添えた。

「そうだよね。太陽の光を浴びながら食べる野菜って、特別、おいしいよね」

美並は、熟しかけたトマトが連なる畑を眺めながら言った。畑にはキュウリやナスもたくさんなっている。どれも、都会のスーパーに並んでいるのよりも大きく、太く、そして明らかに色艶がいい。

美並は、安曇野市の和子伯母さんの畑に来ている。「そっちに野菜、届けようか」と峰雄から連絡があったのだが、「わたしが採りに行く」と答えて、美並はふたたび車を出した。阿佐谷の自宅にはもちろん畑はない。大町の祖父母の庭には山菜が自生することはあるが、高齢の二人は野菜作りまではしていない。

「懐かしいね」

美並は手を広げて、畑の匂いを胸いっぱいに吸い込んだ。湿った土の匂いや葉っぱの青くささが子供時代の思い出に通じている。

「そうだよな。昔、ここでよく遊んだよな」

峰雄も昔を顧みる表情になる。

「あのころは、岳瑠君もいて……」

と、峰雄の年子の弟の名前を口にしたとき、車のドアが閉まる音がした。そちらへ視線を向けると、まさにその岳瑠が家から出て来て運転席に乗り込むところだった。畑を挟んで、峰雄が祖父母と両親の五人で住む広縁のある昔風の二階家と、岳瑠の家族三人が住む白い外壁のロフト付きのモダンな家がある。畑は少し離れた場所にもあるから、二軒に挟まれた畑はいわゆる「うちうちで食べる分の野菜畑」である。一歳になった息子を連れた岳瑠の妻は、後部座席にすでに乗り込んでいる。後部座席にはベビーシートが設置されているようだ。岳瑠の妻は、美並たちに気づくと、窓越しに会釈をした。

「岳瑠君」

もう一人のいとこと会うのは久しぶりだ。赤ちゃんの顔も見たい。確か、隼人《はやと》という名前だった。少し話そうと、名前を呼びながら駆け出した美並は、運転席に座るなり、ワゴン車を発進させた岳瑠に面食らった。呼び止める暇もなかった。

「急いでいるのかしら。久しぶりに話したかったのに」

岳瑠は、県内の高校で数学を教えている。

「何か怒っているのかしら。わたしに気づいたはずなのに」

無視されたようで気分が悪い。口を尖らせて兄の峰雄に言うと、

「あっちとは最近、こうなんだよ」

車が走り去った方向を見て、峰雄は太い指を交差させてバツ印を作った。

「ケンカしてるの？」

「ちょっとぎくしゃくしている。母ちゃんと嫁さんとがね」

「えっ、和子伯母さんとお嫁さんと？」

岳瑠の妻が「みどり」という名前なのは知っていたが、峰雄に合わせて「お嫁さん」と呼んだ。

「和子伯母さんにかぎって、嫁いびりなんかしないでしょう？」

「いまはそういう時代じゃない。母ちゃんのほうが嫁さんに気を遣っている」

「それで、どうしてぎくしゃくしているの？」

岳瑠とみどりは大学時代に知り合ったと聞いている。千葉県出身のみどりは、信州の自然にあこがれて信州大学に入った女性だ。学生時代は、松本市内にアパートを借りて一人暮らしをしていた。卒業後、郷里に帰って塾講師をしていた時期もある。岳瑠との結婚が決まり、義父母と同じ敷地内に家を建てることになったときも、ようやく子供を授かったときも、「自然の中で子育てできるなんて」と喜んでいたのではなかったか。

「それがよくわからないんだよな。母ちゃんは、岳瑠たちの生活になるべく干渉しないようにしていて、休みの日にも畑の手伝いを強要したりはしなかったんだけどね。この春、嫁さんが隼人を連れて千葉の実家に行って、戻って来てから何だかおかしくなった。そのあいだ、岳瑠は畑の苗作りに精を出してたわけだけど」

「岳瑠君が自主的に畑を手伝うのはかまわないんでしょう？」

そこまで口出しする妻がいたとしたら、信州に住む資格はない、と口にこそ出さなかったが、美並は憤慨した。

「それはそうだよな。だから、そうじゃなくて、母ちゃんが気づかないところで、嫁さんを傷つけるようなことを言ったのかもしれない。妻の自分が不在のときに、『やっぱり、岳瑠がいてくれると助かる。男手が増えるのはありがたい』なんて言われたら、自分が岳瑠を独占しているみたいでおもしろくないだろう。はじめての子育てでイライラしているだけかもしれないけどさ」

「おんなしょはむずかしいね」

深刻な問題ゆえに、「方言」を交えて片づけるしかないと思われた。「おんなしょ」は、「女の衆」から変化した信州独特の言葉で、主に既婚女性を指す。男性の場合は「おとこしょ」だ。

「まったく、おんなしょはむずかしいよ」

と、峰雄は深いため息をついた。

「峰雄の存在って、小姑《こじゅうと》みたいなものでしょう？　峰雄が嫁いびりしてるんじゃないの？」

「おいおい、ひどいな」

峰雄は苦笑しておいて、まじめな顔に戻った。

「だけど、岳瑠が嫁さんの味方をするので救われているというか……。これで、母ちゃんの肩を持ったら、家の中がガタガタになるずら。母ちゃんと嫁さん。どっちを選ぶかとなったら、おとこしょは絶対に嫁さんを選ぶべきだよ。マザコンじゃ家庭が壊れちまう。そうずら？」

「そのとおり」

あんたは偉い、とむき出しの二の腕をパンと叩くと、「何だよ、痛えな」と、峰雄は大げさなほど背を丸めてみせた。

「で、峰雄は誰かいないの？」

夫婦の話題が出たところで、「誰かすてきな山男を紹介してくれませんか？」というあの中森の声が頭の中に反響した。

「俺はさ、熟考派だからね」

大学で安易に結婚相手を決めた弟とは違う、と言いたいらしい。

「でも、まわりで結婚している友達は多いんじゃないの？」

美並と同学年だから、峰雄ももう二十九歳だ。

「このあたりは、中学、高校の同級生同士で結婚、ってケースが多いよな。近場で決めるケースがね」

「同級生にそういう人はいないの？」

「親と同居になりそうな農家の長男は敬遠する。都会でなくとも、田舎でもいまはそういう時代だよ。ましてや、うちにはひいじい、ひいばあまでいるしな」

兼業とはいえ、峰雄の家では、農作業を両親と彼と七十代の祖父母とで担っている。米作りもしているから、田植えや稲刈りの時期はそれこそ猫の手も借りたいほどの忙しさになる。

「信州で農業をやりたい。そう望んでいる女性がいたら会ってみたい？」

「えっ、いるの？」

峰雄は、目を輝かせて顔を振り向ける。

「女子大生だけどね」

それじゃ若すぎる、つり合わないよ、と当然、問題にもしないだろうという予想に反して、

「若いのはいいねえ。会ってみるずら」

と、調子づいたいとこに美並は面食らった。

「相手にも好みってものがあるから」

自分から話を振っておいて、美並ははぐらかした。わたしだって、まだ中森有希の妹には会っていないのだ。

――病院を辞めて安曇野に移住し、祖父の指導を受けながら警察医を継ぐ。

そういう気持ちに傾いている大事なときである。少なくとも、新しい人生を歩み出して、それが軌道に乗るまでは、峰雄にもいまのままでいてほしい。美並は、そう思っている自分に気づいた。下手に伴侶《はんりょ》を得たら、岳瑠のようにお嫁さんに牛耳《ぎゅうじ》られてしまう。当分、このいとことは言いたいことを言い合える仲でいたい。

「俺だって、結婚なんてまだまだ先だと思ってるさ」

峰雄が晴れ晴れした表情で言ったので、美並は少しホッとした。

「仕事も好きだし、ボランティアに生きがいも感じているしね。正直、それだけで手いっぱいだな」

「この夏は、どんな活動があるの？」

夏休みを利用して都会から安曇野に来る子供たちに、いろんな行事を通して自然と触れ合ってもらう。峰雄がそういう目的でボランティア活動をしていることは、美並も知っている。

「今年は、親子で農業体験ツアーを、という企画をたてたんだよ。もともと、定年退職後に夫婦で信州に移住したいという人たちはたくさんいたけど、アンケートをとったら、意外に若い世代で田舎暮らしを希望する人たちがいてね。地域の活性化のためにも、ぜひとも子育て世代やこれから家族を、と考えている若者たちに移住してもらいたい。一泊二日の農業体験ツアーの中には野菜作りやそば打ちなんかもあるけど、うちのブルーベリー畑を開放して、そこでブルーベリー摘み体験をしてもらおうと考えているんだ」

「へーえ、いい企画じゃないの」

「美並もやらないか？」

「えっ？　ああ、うん、そうだね」

自分の決意をいまここで、いとこに言うべきかどうか、美並は躊躇した。里山《さとやま》を無邪気に駆け回っていた子供時代が懐かしく思い起こされた。あのころは、自分たちに将来を模索する時期がやってくるなどとは思いもしなかった。

「そうだ。このあいだと違う種類のブルーベリー、持って行けよ。野菜と一緒にさ」

美並が迷っているあいだに、自分の思いつきに声を弾ませるなり、いとこは裏のブルーベリー畑へと駆け出していた。

十分後、峰雄が運んで来た段ボール箱いっぱいの新鮮な野菜とブルーベリーを車に積んで、美並は祖父母の家へと向かった。「警察医を継ぐ」という自分の決意をいとこに伝えることができないままに。

6

ロビーに入るなり、カメラやマイクなどの仰々しい機材を抱えた集団を見つけて、朋子は緊張した。

――テレビ局の取材が入っているのか。

まさか、そんな……。一瞬、胸が激しく脈打ったものの、すぐに彼らの和やかな雰囲気から〈事件の取材ではないな〉と察し、胸を撫で下ろした。

しかし、テレビに自分の顔が流されるのは困る。取材クルーらしい集団から顔をそむけて、朋子は会場に急いだ。八木沢と待ち合わせてはいるが、さきほど「ごめん。遅れる。先に入ってて」というメールが届いたばかりだ。

会場内には、予想外に若い世代の人たちの姿が見られた。朋子や八木沢と同じアラフォー世代もいれば、幼児連れの親子もいる。大学生にしか見えない若い男女もいて、〈定年退職後の六十代以上の参加者ばかりだろう〉と思っていた朋子は、少し驚いた。

『骨を埋める覚悟の田舎暮らし！』

その奇抜なコピーが若い層を惹きつけたのかもしれない。

過疎化に悩む全国各地の自治体などでは、都会からの移住者を誘致し、地域の活性化をはかるために、「田舎暮らし」を体験できるツアーの企画に力を入れている。田舎暮らしを考えている人たちを対象とした講演会の情報を、愛読している雑誌で見つけた八木沢が、「『骨を埋める覚悟』とあるから、行ったら最後、帰るなってことだろ？　おもしろいじゃないか。参加してみようよ」と恋人を誘ったのである。

――自分から誘っておいて。

隣の席を確保するために遠慮がちにバッグを置いて、朋子はため息をついた。人気のある講演会のようで、七百人ほどが入る会場はすでに九割がた埋まっている。

朋子の右隣には六十代くらいの男女が座って、仲睦まじそうに会話をしている。開演まではまだ間がある。もう一度メールを送ろうとスマホを取り出したとき、「テレビカメラが入ってますよね」と、右隣の女性が身体を傾けて話しかけてきた。

「あ……ああ、ええ」

スマホをバッグに戻し、朋子は女性の雑談に応じた。

「さっき、会場に入る前に、インタビューされちゃったんですよ」

そう続けた女性の表情は嬉しそうで、わずかに頬を紅潮させている。

隣の男性が身を乗り出して、女性の身体越しに朋子に微笑みかけた。

「『やっぱり、田舎暮らしをお考えですか？』って聞かれたから、『都会の喧騒《けんそう》から離れて、自然の中でのんびりと第二の人生を送ろうと考えているんです』って答えたら、『はあ、そうですか』ってぬるい反応で……。わたしたち夫婦のような定年を迎えたあとの第二の人生って、いまは珍しくもないみたいで。もっと若い人たちの活気ある声がほしかったみたいね」

「ははは、この人はすねているんですよ」

肩幅の広い彼女の夫は、太い親指を妻に向けて言った。その親指には大きなたこができている。田舎暮らしに向けて、家庭菜園や木工などに日々励んでいるのかもしれない。

「あなたも田舎暮らしを考えていらっしゃるの？」

「ええ、まあ」

「お二人で？」

と、田舎暮らし希望の妻は、朋子の隣の空席へ視線を移した。

「ええ、はい」

「ご主人はお仕事かしら。まだいらっしゃらないみたいね」

「あ……はい」

「あなたたちくらい若いご夫婦だと、田舎に移住するにしても、あちらにお仕事がないと困るわね。そのあたりはどういうふうにお考えなの？」

「それは……」

「そこまで立ち入って尋ねるのは、失礼ですよね」

職業までは話したくない、と口ごもった朋子を見て、夫が妻をたしなめた。

「すぐというわけにはいかなくても、いずれは田舎暮らしをしたいな、と考えているので、参考までに体験談やアドバイスを聞いてみようと思ったんです」

と、朋子は、夫婦と決めつけた女性に無難な答えを返しておいた。

「そうなの。まだ若いから体力もあっていいわね。わたしたちなんか、この機会を逃したら……」

と言いかけて、「ごめんなさい。余計なことよね」と妻は首をすくめると、「ねえ」と救いを求めるように夫を見た。

「うちは犬を飼っているんですがね」

妻の余計なおしゃべりをたしなめるはずの夫が、新たな話題を提供した。

「大型犬だから寿命が短くて、長くてもあと二年一緒にいられるかどうか。それで、あの子の残りの人生を自然の中でのびのびと過ごさせてやりたくてね」

「そうなんですか」

田舎暮らしには、ペット重視のそういう動機もあるだろう。

「わたしたち、子供がいないんですよ」

妻のほうがよりプライベートな話を振ってきて、朋子は面食らった。

「あなたはいいわね。お子さんは？　それとも、これから？」

「ええ、まあ」

曖昧に答えておく。三十九歳でもまだ出産可能な範疇に入るのだろうか。丸顔の朋子は、実年齢より若く見られはする。

開演になっても、隣席は空いたままだった。司会を務めるのは主催者の雑誌編集長で、「田舎暮らし体験ツアー」に参加した人たちの様子や、実際に都会から山梨県や高知県に移住した人たちの暮らしぶりがスクリーンに映し出されていく。映像での紹介が終わると、三十年前に長野県に移住し、その体験を書いた本が人気の女性料理研究家が登場した。雑誌やテレビにも頻繁に顔を出す主婦層に人気の料理研究家で、ボタニカルアート柄のワンピースを着た彼女が壇上に現れると、朋子の隣の女性は「わあ、やっぱり、すてきな人ね」と声を上げた。

「で、田舎暮らしを長続きさせるコツですが」

司会者に聞かれて、料理研究家は、柔和《にゅうわ》な笑顔でよどみなく答えた。

「まず、挨拶を欠かさないことですね。それから、自分の家のまわりの草取りをこまめにすること。汚くしている人は嫌われます。それはどこでも同じですね。地域のお祭りなどは、ご近所さんと親しくなる絶好の機会ですから、できるかぎり参加するようにしましょう。奥さまたちは可愛らしいエプロンを一枚持って行くといいですよ。わたしなんか、『お手伝いします』と言いながら、そこの家の郷土料理をちゃっかり教わったものです。それが、いまのような仕事につながったわけで」

「わたしたち女性のあこがれの生き方よね」

隣の女性は、連れの夫ではなく、朋子に同意を求めて話しかけた。

料理研究家が退場すると、「田舎暮らしアドバイザー」という肩書きを持つ男性が登壇したが、彼は不動産鑑定士の資格も備えていた。

「田舎暮らしを始めるにあたって、移住先に空き物件を探している方もいらっしゃるでしょうが、現在のお住まいの処分に頭を痛めている方もおられるでしょう。いざ、自宅を処分しようと思っても、すぐには売れないことが多いのです。都会、田舎を問わず、長年放置された空き家が近隣にあり、困っているという方々が非常に増えています。先日も、信州安曇野の空き家で変死体が発見されましたが、所有者の男性は県外に住まわれていて、実家は空き家状態だったわけです。メンテナンスがいき届かずに、鍵が壊れたままの裏口から誰かが男性の遺体を運び込んだのですね。気をつけないと、空き家は犯罪に利用されるおそれもある。放火の対象になったり、ホームレスのたまり場になったりする可能性もある。みなさん、あの事件をそうした警告と受け止めてください」

「ゾッとするわね。あれって、殺人事件だったんでしょう？」

隣の女性にまたもや共感を求められたが、朋子の頭は真っ白になった。心臓の鼓動が速まる。

小柳《こやなぎ》潔《きよし》。四十五歳。

信州安曇野——長野県大町市の空き家で遺体で発見された男性である。

田舎暮らしアドバイザーは、空き家を放置することの怖さだけを強調し、殺人事件には言及せずにさらりと流して話を進行させたが、もはや、朋子は思考停止に陥ってしまっていた。

妹の菜摘が結婚した直後から三年あまり交際していた相手が、小柳潔だった。結婚の二文字を彼の口から出されたこともあった。が、結婚には至らなかった。朋子のほうから別れを告げる形で、二人の関係は終わった。

その彼が信州は安曇野の北のはずれの空き家で、他殺体となって発見されたのである。

鈍器で頭を複数回殴打され、頭蓋骨に損傷を受けていたらしいが、犯人が捕まっていないので、くわしい経緯はまだわからない。

空き家で変死体となって発見された当初、身元はすぐには判明しなかった。遺体は腐乱していたという。身元が判明して名前が公表されてからも、同姓同名の別人ではないかと朋子は疑ったが、週刊誌に載った顔写真を見て、同一人物だと判断したのだった。記事には、岐阜県在住の会社員とあったから、朋子と別れたあとに転勤になったのだろう。交際していたときは、小柳は東京に住んでいて、都内の食品会社に勤務していた。小柳は独身で、会社に出勤せずに行方不明になっていたらしい。成人の失踪ゆえに、事件化する前には詳細な報道はされなかったのだろう。

——自分と親密な関係にあった男がこんな末路を迎えるなんて……。

朋子にとって、小柳は二人目の男だった。初体験の相手は、美大の同級生で、交際した期間はごく短かった。若さも原因したのだろう、それぞれの美意識に根拠の乏しい自信を持ち、エゴがぶつかり合ってケンカ別れした。小柳とは仕事を通じて知り合った。当時、菜摘が結婚したばかりで、自分では意識していなかったが、たぶん、少しはあせりや寂しさもあったのだろう。自分の気持ちを確かめる前に、交際を申し込まれてデートに応じた。何度かデートを重ねても、小柳に対する気持ちが高まることはなかった。それでも、嫌いでないのは確かだったので、流されるままにつき合いを重ねていたのだった。

「うちの母に君を紹介したいんだけど」

小柳にそう切り出されたのは、交際を始めて三年目だった。それまでは、外で会ったり、彼が朋子の都内のアパートに来たりしていた。

小柳の自宅が江戸川区にあり、すでに父親が他界していたのは知っていた。一人っ子の彼は、母親と二人で暮らしていたのだ。

――彼のお母さんに会うということは、真剣に結婚を考えるということ。

その場に直面して、はじめて朋子は自分の真の気持ちと向き合ってみた。そして、「好きでもなければ、嫌いでもない」という盛り上がらない気持ちのままの結婚はやめよう、と決断を下したのだった。一緒に彼の自宅の下見までして、いざ一人で訪問するという日の直前に、「やっぱり、あなたのお母さんとはお会いできない」と断り、それが別れへとつながったのだ。

そのときは、正直、少し後悔もしたが、その後、八木沢と出会ったときに、〈やっぱり、あのとき、断っておいてよかった〉と、過去の自分の正しい判断に拍手を送りたくなった。

――この人でなければダメ。この人以外には考えられない。

やはり、結婚はそういう相手とでなければしてはいけないのだ。乙女チックで陳腐な表現かもしれないが、「胸のときめき」を感じられる相手でなければ、結婚生活は長続きしない。

とはいえ、あのとき、迷いを振りきって小柳と結婚していたら、そして、その後の八木沢との出会いもなければ、〈結婚なんてこんなものよね〉という半ば諦めの思いで日々を送っていたことだろう。

過去に自分と深い関係にあった男が殺されたのである。自分の身体の一部もまた傷つけられ、消滅したように感じられるわたしはおかしいのだろうか。彼の無惨な最期を知って以来、朋子はときどき、鋭い針で皮膚を突かれるような痛みを覚えるのである。

「ご主人、間に合わなかったみたいね」

隣席の主婦の声に、小柳との過去をたぐり寄せていた朋子はわれに返った。壇上の司会者が閉会の辞を述べている。

「どこかの田舎でお隣同士になれたらいいわね」

やさしい言葉を残して、じゃあ、と夫婦は立ち上がった。聴衆の大半がはけるのを待って会場の外へ出ると、ロビーに八木沢の姿があった。

7

「遅れて来たから、後ろのほうにいたんだよ」

手を挙げながら、八木沢が言った。「空き家がどうのこうのってあたりから聴いていた」

「そう」

空き家、という言葉に、朋子の心はふたたび重くなる。お互い、三十を過ぎた大人になってからの出会いである。過去の異性関係について語り合ったことはない。したがって、小柳の事件についても八木沢には話していない。

「朋子にとっては切実な問題だよな」

と、八木沢が顔をしかめた。「空き家は犯罪に利用されるおそれもある、とか」

「そうね」

「妹さんとは話し合ったの？」

「まだだけど、そろそろ真剣に話し合わないといけないと思ってる」

自治会長から電話があって実家の片づけに行ったときには、安曇野の空き家で発見された遺体の身元はまだ判明していなかったのである。まさか、その遺体が過去に交際していた小柳潔だったとは思いもしなかった。

「腹減ったな。まだ昼飯、食ってないんだ」

「じゃあ、どこかお店に入りましょうか」

三時半を回っている。居酒屋で飲むには早い時間だ。

会場となったビルを出て、ＪＲ市ケ谷駅方面へと歩き出したときだった。

「ヤギちゃん」

女性の声が響き、朋子は八木沢と同時に振り返った。

自分より明らかに年上と思われる女性が笑顔で立っている。蛙みたいに鮮やかな緑色のワンピースを着て、補色と呼んでもいいオレンジ色のストールに空気をいっぱいはらませて首にふわりと巻きつけている。三十九歳以上だということはわかったが、正確な年齢を推定しにくい、いわゆる年齢不詳の女である。金色に近い栗色に髪の毛を染め、真っ赤な口紅を塗っている。

「やあ、どうも」

と、頭を下げた八木沢は、親しみと遠慮が入り混じったような、いままで見たことのないような表情をしていた。

「さっきの講演、聴いてたの？」

女性は、連れの朋子のことなど気にもとめずに、一方的に八木沢に話しかける。

「ああ、はい、いたというか、いましたよ」

八木沢は、中途半端な敬語を使って不安定な答え方をする。

「へーえ、ヤギちゃんでもそういうフツーのことをするんだ」

「はい、しますよ。ぼくは凡人ですから」

「じゃあ、またよろしくね。また身体がムズムズしてきたら、お願いするから」

意味深な言い方をして、「補色女」は踵《きびす》を返し、軽快な足取りで駅とは反対方向へ去って行った。最後まで連れの朋子を話題にすることなく。

「誰なの？」

自分の存在が無視されたのだから不機嫌になるのも無理はない、と八木沢に知らしめたかった。「補色女」の前で自分を「ぼく」と称したのも気に入らない。

「お客さんだよ」

「お客さん？」

「だから、俺にガイドを頼んだ人」

うるさそうに答えると、「ここにしよう」と、八木沢は目についたガラス張りの二階の店を指差し、階段を上がって行った。階段の下に、コーヒーカップとワイングラスのイラストが色チョークで描かれた黒板が出された店だ。

テーブルに案内され、八木沢がミックスピザとビールを注文し終えるまで黙っていて、自分はコーヒーを頼むと、朋子はさっきの話題をぶり返した。

「あの人にガイドを頼まれたことがあったの？」

「ああ、去年の夏にね」

「どこに登ったの？」

「白馬岳《しろうまだけ》だよ」

長野県の北アルプス白馬岳。大雪渓で有名な山だということくらいは、山岳ガイドを恋人に持つ朋子だから知っている。

「ふーん、知らなかった」

「聞かれなかったから、言わなかっただけだよ。そっちは、鹿沼の家のことで大変なときだったしさ」

「どういうルートなの？」

山男が好きな朋子ではあるが、自分が山に登らないので、八木沢の仕事をきちんと把握できていないもどかしさを感じている。

「猿倉から入山して、大雪渓の下の白馬尻で一泊。尾根筋から白馬岳山頂に登って一泊。

杓子岳《しゃくしだけ》を経て猿倉に下山するコースだよ」

「二泊三日のコース？」

「ああ」

「何人、案内したの？」

「一人」

「一人って……」

まさか、と朋子は息を呑んだ。「さっきのあの女の人、一人？」

「うん」

「あの人と二人だけで、二泊三日の旅をしたの？」

「登山だよ」

「登山だって、旅と一緒じゃないの。あの人、いくつなの？」

「さあね、登山者カードには五十五って記入していたけど、実際はいくつなのか。女性に年齢なんか聞けないだろう」

「女の人と二人きりで泊まりがけの旅行をするなんて」

「だから、旅行じゃないよ、登山だって」

八木沢は、呆れたような笑い声をたてたが、朋子には旅行以外の何ものでもない。

「グループじゃなくて、女性で単独登山する人もいるの？」

「少ないけど、いないことはないよ」

「そういうガイド、よく頼まれるの？」

「俺ははじめてだけど、けっこういいお金になる。一日三万円から三万五千円が相場で、登山口までのタクシー代も食費ももちろん払ってくれる。今回は、おみやげも持たされた。別れ際にビール六缶」

「お金持ちなのね」

「だろうな。歯医者とか言ってたけど」

「おみやげは、ビールだけ？」

八木沢の右手首にはまった見慣れない数珠《じゅず》のようなブレスレットを、朋子は顎で示した。

「ああ、これは、このあいだ、利尻山《りしりざん》をガイドしたグループの一人にもらったんだよ。五人グループで、女性は三人。全員、登山は初心者だったね。『お守りだから、お揃いではめて』って渡されてね。何とかいう天然石みたいだけど、名前は忘れた」

「どうして、まだはめてるの？」

「何となく。天気予報がはずれて晴れたし、初心者ばかりだったのに、全員、何とか元気に下山できたから、ゲンかつぎというか。これをはめていれば、下界でも交通事故には遭わないかな、ってね」

八木沢は、黒い珠とブルーの珠が交互にはまったブレスレットを撫でながら答えた。

「で、さっきの人は独身なの？」

北海道のガイドの仕事から、昨夏の信州のガイドのそれに話を戻す。

「さあ、どうかな。聞かなかった」

「でも、山小屋に泊まったんでしょう？　いろいろ話す時間はあったんじゃないの？」

「山の上なんだから、旅館とは違うよ。疲れて、ひたすら寝るだけさ」

「年下の可愛い女性にガイドを頼まれたら、どうするの？　山小屋のない時季は、テント泊になることもあるんでしょう？」

「冬場でもガイド料を弾んでくれたら引き受けるさ。もちろん、若くて可愛いお客さんでも、変な気は起こさないよ。あくまでも客とガイドだしね」

ここまで話につき合ったんだからもういいだろう、とおどけたように渋面を作ると、八木沢は運ばれてきたビールを飲んだ。

——この人の向こうには、わたしの知らない世界が広がっているんだ。

グラスを持つ恋人の鍛えられた二の腕を見ながら、朋子は不安に駆られていた。彼の周囲には、まだいっぱい誘惑がころがっている。四十一歳の八木沢だが、童顔で、見た目年齢は三十代半ばだ。「どんな難題でも笑顔で引き受けてくれる」という評判が人気を呼び、口コミで需要が増し、多くのリピーターに支えられて山岳ガイドを専門職にしている彼である。

——自然の中での、子供を持たない、自由で創造的な二人だけの生活。

そんな理想の生活を、グラフィックデザイナーである自分と山岳ガイドの彼、二人でなら築けると信じていた。だが、常識にとらわれない自由な発想をする山男の彼は、同じように自由な発想をする自分以外の女性に簡単に惹き寄せられてしまうかもしれない。たとえば、単独でむずかしい登山に挑戦するさっきの年齢不詳の「補色女」のように。

——結婚という法的な縛りでこの人をわたしにくくりつけておかないと。

朋子は、たまらない焦燥感を覚えた。と当時に、皮膚を鋭い針で突かれるようなあの痛みがふたたび全身に生じた。猶予はない。一刻も早く鹿沼の実家を処分して、気がかりなことをすっかり片づけてから、彼との新たな人生を始めなくては……。

「そのブレスレット、成金趣味で、ヤギちゃんには似合わないわ」

ビールのグラスをテーブルに置いた八木沢に、朋子は言った。われながらゾッとするほど冷ややかな声だった。

8

黒光りする廊下の角には花台が置かれ、萩焼《はぎ》と思われる器には黄色い野の花が一輪、品よく挿《さ》されている。「こちらへどうぞ」と、和服の女性に案内された個室に入ると、水墨画の掛け軸が飾られた床の間が目についた。違い棚にも香炉と壺が飾られている。檜の香りが漂う十畳ほどの座敷だ。

紫檀《したん》の座卓には、座椅子が三つ用意されており、「どうぞ」と和服の女性に勧められたのは、床の間を背にした上席だった。

和服の女性が下がり、一人になると、美並はそわそわし始めた。予想以上に高級そうな店ではないか。これは、もう料亭と呼んでもいいかもしれない。

「望月先生、お時間ありませんか？　ぜひ、若先生と一緒に飲みたいんですけど」

中森がそんな軽い口調で誘ってきたので、「個室があってゆっくりできるお店を予約しましたから」とは言われたが、プライバシーを尊重した間取りの居酒屋か、個室のあるカフェレストランだろうと思っていた。父の実家では祖父の「大先生」に対して自分は「若先生」と呼ばれると教えたら、中森はおもしろがって、それからときどき美並を「若先生」と呼ぶのである。

——こんな高級料亭でもてなされても困る。

わたしは、大学病院ではまだ下っ端《したっぱ》なのに、と美並は落ち着かない気分になる。しかも、近々辞めて、祖父の医院を継ぐかもしれない人間なのだ。自分以外に席は二つ用意されている。中森の上司も同席するという意味ではないのか。

緊張をほぐすために咳払いをしたとき、障子が開いて、「若先生、お待たせしました」と、その中森が現れた。

「あ……ああ、わたしもいま来たところです」

美並の正面に座り、鞄を脇に置いた中森は、案内して来た仲居に「じゃあ、ビールを。先に始めちゃいますから」と告げて、「喉が渇きましたよね」と正面に向き直った。

「あの、中森さん、これは困るわ」

障子が閉まると、美並は身を乗り出した。

「えっ、困るって？」と、中森は眉をひそめる。いつものようにリクルートスーツを思わせる紺色の上下に、今日は珍しくピンク色の華やいだブラウスを合わせている。

「医師と製薬会社の癒着《ゆちゃく》というのは、よくないこととされていて、厚労省が目を光らせているし……。とくに、こういう高級料亭での接待は、控えたほうがいいかもしれなくて、その……」

自分のポストでは、期待されても何の見返りも用意できない、せいぜい女性患者さんたちに美容サプリメントを勧めることくらい、と続けようとして口ごもったら、

「違いますよ」

と、中森に手を激しく振られ、おまけに大笑いされてしまった。

「じゃあ、もしかして、妹さんが来られるの？」

山男を紹介してほしい、とは言われたが、ここまで正式な席を設けられるとは。

「妹は大学です」

「だけど、もう一人……」

言いかけたとき、「美女二人を待たせて、すみません」と、障子の向こうで聞き憶えのある男の声がした。

顔を出したのは、病院の食堂で中森に紹介された間宮卓也だった。座った位置からだと、ひときわ長身に見える。

「おわかりでしょう？」

間宮から美並に視線を戻して、中森が茶目っけたっぷりに言った。

「今日、この席を設けてくださったのは、間宮先輩なんです。ですから、ここは製薬会社

の接待の場ではなくて、気楽な飲み会ととらえてください」

「ぼくが直接誘ったら、望月先生は絶対に受けてくれなかったでしょう？」

美並に口を挟む隙を与えまいとしてか、すかさず間宮が切り込んだ。

釈然としなかったが、席を立つのも大人げない。「その節はどうも」という短い挨拶をして、美並は居住まいを正した。逆に、中森の隣に座った間宮は、のっけから足を崩し、ネクタイを緩めるというくつろぎの態勢だ。

間宮に続いて入って来た仲居が、テーブルに漆塗りの細長い木箱を置いた。木箱には色の違う小さな器が三つ並び、旬のそら豆と糸のように細く切ったイカとごまクリームであえた野菜が品よく盛りつけられている。

「さあ、どうぞ」

間宮が瓶ビールを勧めてきたので、美並は覚悟を決めて小ぶりのグラスを手にした。香のたかれた個室で出される懐石料理が安いはずがない。やはり、これは、間宮の「接待」なのだ。何らかの目的があるに違いない。

形式的に間宮のグラスにもビールを注いで、三人で乾杯をする。

「今日は、どういうご用件で？」

向付に箸をつける前に、美並は単刀直入に聞いた。

「早速、本題ですか」

間宮は、グラスをテーブルに置いて、首をすくめた。ビールは飲み干している。と、中森が横から素早く二杯目を注いだ。

「わたし、家に帰ってやりたいことが残っていますので」

乗り合わせた列車内で急病人が出ても、見て見ぬふりをする男とは同席したくはない。

「若先生は、間宮先輩をちょっと誤解しているかもしれません」

すると、中森が美並の固い口調を和らげるように言った。

「口止めされていたので言わなかったんですが、間宮先生は、これでも山男なんですよ」

「山男？　登山が趣味なんですか？」

とてもそういう男には見えない。

「いや、登るほうじゃなくて、撮るほうですよ」

そう答えて、間宮はカメラのシャッターを押すポーズをとった。

「間宮先輩は、学生時代から写真部にいて、あちこちの山を撮り歩いていたんです。勤務医になってからも、休みの日には好きな山の写真を撮りに出かけているんですよね」

「先生」から「先輩」に呼び方を戻して、中森が補足した。

「前回は、あずさに乗って松本へ行き、上高地《かみこうち》線に乗り換えて、新島々駅からバスで上高地へ。天気に恵まれましてね。穂高連峰がきれいに撮れました」

「じゃあ、あのときは……」

そうですよ、というふうに、間宮はうなずく。

「山の写真を撮るのが目的だったから、急病人が出ても無視していたってわけですか？」

「アリバイが崩れるところだったので、名乗り出られずにいたんです」

「アリバイ？」

「あの日は学会をズル休みしたんです。発表担当じゃなかったし、出なくてもいいような学会だったんですけどね。いちおう出席の返事を出していて。うっかり名乗り出たら、ぼくのうそがばれかねない。明日晴れるとわかったら、どうしても上高地に行きたくなってね」

「間宮先輩は、山の写真を撮りに行くときはマイカーを使わない。自動車の排気ガスは自然を汚すから、台数は少ないほうがいい。だから、できるだけ公共交通機関を使うようにする。そう心がけている殊勝な人なんですよ。もちろん、ゴミはすべて持ち帰りますし、ボランティアで清掃登山をしたこともあります」

中森は、何だか楽しそうな口調で割り込んだ。

「そうなんですか」

自然保護や環境保全の思想には感心したが、だからといって、なれなれしいキザ男という第一印象が払拭されたわけではない。

「でも、たとえズル休みがばれようが、医師としての義務や倫理ってあると思うんです」

「言いませんでしたっけ。あと十秒待って誰も現れなかったら、『医師です』と出て行こうと思っていた、と。望月先生が現れたのは、九まで数えたときでした」

平然と言い返した間宮に、美並はムッとした。確かにそう言われた憶えはある。

「でも、苦しんでいる人を見たら、十秒数える前に身体が自然と動いてしまう。それが医師というものではないか、と言っているんです」

と、美並は自分の価値観を表明しておいた。

「間宮先輩、無理だと思いますよ」

中森が呆れたように言い、ため息をついた。「傍から見ていても、先輩と若先生の人生観はまったく一致しそうにないです」

「人生観って、何のこと？」

「わたしからはっきり言いましょう」

眉をひそめた美並に中森がさばさばした口調で言った。

「わたし、間宮先輩からお見合いの席をセッティングするように頼まれたんです」

「お見合いって、わたしと間宮先生の？」

その二人しかいない。

「ぼくから言うよ」

間宮は、箸置きに箸を戻すと、正座した。

「中森は、医者の個人情報を無断で流すような軽い人間じゃない。君のおじいさんが安曇野で開業医をしていると聞いて、こちらから頼み込んだんだ。子供のころからのぼくの夢は、写真家になることだった。だから、そういう方面の勉強がしたかった。だけど、皮肉なことに学業成績が抜群によくてね。両親や先生に、医学部進学を熱心に勧められたんだ。ぼくも若かったし、意識するライバルもいたしで、力を試したくなって医学部を受験したんだよ。そしたら、すんなり合格した。医学部に入ってからの日々は勉強に明け暮れて、医者になってからは仕事に追われて、という生活だった。でも、仕事に集中できたわけではなかったんだな。脳神経外科医が集中力を欠くと、どうなるか。大変な事態になる。ある程度の息抜きも必要だ。ところが、息抜きだからと軽い気持ちで写真を撮りに行ったのが命取りになった。山の写真を撮り歩く魅力にとりつかれて、ついには……」

そこまでよどみなく話しておいて、間宮は急に恥ずかしくなったように、「あとは頼む」と後輩にバトンを渡した。

「間宮先輩は、雄大な自然に囲まれた地で、峻険な山々を眺めながら仕事をしたくなったんですよ。北アルプスがそびえる長野県大町市は、まさに理想的な立地で、そこにある望月内科医院で仕事をするとなれば、先輩にとっては毎日が夢のような日々になるのは間違いありません」

「それで、わたしと結婚して……という将来設計になるわけですか？」

間宮を睨みつけてから、担当ＭＲも睨んでやった。

「中森さん、わたしの心が揺れていることをこの人に話したんですか？」

「いえいえ、わたしは何も」

中森がかぶりを振ると、「彼女の口は堅いですよ」と、間宮が即座に後輩の弁護に回った。「あのとき、あずさの中で君と乗り合わせたし、その後も、おじいさんの医院を気にしていた様子だったから、中森に探りを入れてはみましたよ。でも、彼女ははぐらかして答えませんでした。君が病院を辞めるべきかどうか迷っているのでは、とぼくが推察しただけです」

「間宮先生は、東京の病院に転職するつもりじゃなかったんですか？」

そのつもりで、美並が勤務する病院の下見に来たのではなかったのか。

「わたしも先輩から『病院を紹介して』と頼まれて、最初はそのつもりなのかな、と思ったんですが、話しているうちに、先輩の本当の気持ちがわかったんです。山が好きな人に悪い人はいないと思いますよ。さっきも言いましたけど、物事をストレートに言いすぎるだけに、先輩は誤解されやすいんです。でも、裏を返せば、それだけ正直な人間ということで」

中森は、「無理だと思いますよ」と間宮を諭したくせに、なぜか、二人の仲を応援するような姿勢に変わっている。

「確かに、間宮先輩は打算的な男かもしれません。だけど、問題点を一つずつ冷静にクリアして、いまに至っているんです。先輩には継ぐような家業はありません。長男ですが、弟さんがすでに結婚してご実家の近くに住んでいます。いずれは、先輩のご両親と二世帯で住まわれるでしょう。先輩が望月家に入って婿養子になっても、何の支障もないわけです。医師同士の結婚は珍しくありません。二人で力を合わせれば、それだけ地域医療に大きく貢献できます。それに、可愛い孫娘に同業者の婿がくるとなれば、大先生はきっと喜ばれるはずです。望月内科医院は、将来、入院設備が整った大きな病院へと発展するかもしれません。さらには、お二人のあいだにお子さんが生まれて、そのお子さんがまた病院を継いでとなれば、望月医院、いえ、望月総合病院は安泰です。若先生は、利害関係の一致という言葉を嫌うかもしれませんが、客観的に見れば、いい条件が揃っている良縁と言えます。違いますか？」

「わたしが安曇野の祖父の医院を継いだとして、間宮先生はどういうポストに就くつもりですか？」

ほとんど間宮先輩の応援団と化している中森の熱弁を聞き流して、美並は「見合い相手」本人に問うた。

「君の専門は消化器内科だから、内科全般。ぼくはいちおう脳神経外科だけど、外科全般ってことで看板を掲げれば、両方カバーできるし、エコーやＭＲＩもリースで揃えれば、たくさんの集客が見込めるでしょう」

脈があると勘違いしたのか、間宮は興奮した口調で野望を語った。

「患者は客じゃありません」

集客という表現にカチンときて、美並は冷たく切り返した。

「先輩ったら、軽率なんだから。もっとちゃんと言葉を選んでくださいよ」

中森はじれったそうに言い、大きなため息をついた。

「風光明媚な安曇野に住む人たちは、みんなのんびりしていて親切。家には鍵をかけなくても安心安全。そんなふうに思っているかもしれませんが、きれいごとばかりじゃないですよ」

間宮を正面から見据えると、美並は声に凄みをきかせた。折り合いが悪いという和子伯母さんと岳瑠のお嫁さんの関係も頭をよぎった。「安曇野の空き家で、他殺体が見つかったのはご存じでしょう?」

「その事件ならぼくも知ってますよ。殺されたのは、岐阜に住んでいた会社員だったとか」

「大町市と聞いて、わたしも『あっ、望月先生のルーツだ』とハッとしましたから」

間宮に続いて中森も表情を引き締めた。

「遺体の検死をしたのは、わたしのおじいちゃん、望月龍太郎だったんです」

と、美並は声を低くした。はじめてする話だった。生唾を呑み込んだのだろう、間宮の喉仏が大きく動いた。

「失礼します」

障子が開いて、次の料理が運ばれてきた。

9

「こんなものしかないですけど、どうぞ」

自動販売機で買った缶入りのアイスコーヒーを、美並は大久保の前に置いた。

「いただきます」

缶を手にして、大久保は「おかしな気分ですね」と少し微笑んだ。

「どうしてですか？」

「ここは、何だかうちの取調室に似ています」

改めて部屋を見回して、「そうかもしれません」と、美並もうなずいた。生命保険会社の調査員の小中を通した面談室である。スチール机とパイプ椅子とホワイトボードがあるだけの殺風景な部屋は、窓がないので息苦しく感じられる。

「取調室では、刑事が容疑者と向き合うのですよね。ここでは、医師が患者さんやその家族に病名を告げたり、治療法を説明したりするんです。専門的でむずかしい話をしたり、つらい告知をしたりすることもあります。ときには、患者さんの死を巡って問題が発生し、生命保険会社の人が出入りしたりもします」

「そうか。緊張感が漂う部屋という点で、ここは取調室と似ているのかな」

大久保も部屋を見回しながらひとりごとのように言って、美並へ視線を戻した。

「何か事件に進展はありましたか？」

このところ、「空き家死体遺棄事件」が美並の頭を占めている。男性の身元が判明したのは知っている。小柳潔という岐阜在住の会社員で、年齢は四十五歳。大久保が病院を訪ねて来たのだから、当然、事件の報告だろうと思ったのだが、彼の口から出たのは予想外の言葉だった。

「今日、ここにうかがったのは、うちの署の嘱託医の件でして」

「それは、まだ……」

勤務先では話しにくい内容である。

「おじいさまの望月先生がまた引き受けてくださることになりました」

「えっ、そうなんですか？」

まだ祖父本人の口から聞かされてはいない。

「再任という形なんですが、一つ条件を出されましてね」

「条件？」

もしやと思い、心臓が高鳴る。

「望月先生は高齢なのを気にしておられて、体力に自信がないとおっしゃっています。足の怪我をされたことですしね。大町署は、2889メートルの鹿島槍の山頂まで管轄《かんかつ》なわけで、ときには足場の悪いところで検死を行う必要も生じます。それで、望月先生が出された条件は、『若いアシスタントをつけてくれるなら』だったんですよ」

「若いアシスタントというのは……」

わたしのことですよね、と美並は自分の顔を指差した。

「そうだと思いますが」

とは答えたが、うーん、と大久保は首をかしげた。「大先生、いや、望月先生は、具体的に誰とはおっしゃらずに、ただ、若いアシスタントをそちらで探してくれ、と」

「おじいちゃんがそう言ったんですか？」

「ええ。探すといっても、これがなかなか大変でして。思い浮かぶ名前は、望月先生、いや、その……若先生のほうですが、美並先生しかいないわけで。もう前任の先生は関西へ行ってしまわれたことですし」

「わかりました」

「えっ？」

と、顔を上げた大久保の目が明るく輝いた。「じゃあ……」

「あ、いえ、祖父の真意がわかった、という意味です」

わかりました、引き受けます、という意味に受け取った大久保に、手をひらひらさせながら美並は言った。いざ引き受けるとなれば、高齢の龍太郎は家にいて、実際に動き回るのは若い美並の役目となる可能性は高い。いわば、アームチェア探偵とその助手みたいな関係だ。

——おじいちゃんは、こういう方法で心が揺らいでいるわたしに決断を迫ったのだ。

迷っているうちに、ずるずると時間だけがたってしまう。そして、龍太郎はますます老いていく。

「アシスタントを引き受けるとしても、すぐにというわけにはいきません。少しお時間をいただかないと」

病院に迷惑をかけないためにも、中森の助けを借りて、後任の医師を探さなくてはいけない。

「そのあいだの検死は、祖父一人で担当することになると思います。大久保さんから祖父に、いえ、大先生に伝えてください。『転んで足を捻挫したりしないでね』と」

死体検案要請がないのが一番いいのだが。

「わかりました。そうお伝えします」

大きくうなずくと、大久保はホッとしたように肩の力を抜いた。「それじゃ」と、飲みかけの缶コーヒーを手に立ち上がったので、

「だめですよ」

美並は、思わず立ち上がった。ドアの前に立ちふさがる。「自分の用事だけ済ませてさ

っさと帰るなんて、ずるいですよ」

「ずるいと言われても……」

と、大久保は困惑している。

「大久保さんは、『捜査のついでに、そちらの病院に寄りたい』と電話で言いましたよね。事件の捜査のために上京したってことは、こちらに何か手がかりがあったということですよね」

「大先生がおっしゃったとおりですね」

困惑した表情のまま、大久保はため息をついた。「大先生は、『美並は非常に勘のいい子だ』とおっしゃったんです。それから、『少々でしゃばりで、むこうみずなところがある子だ』ともね。だから、たとえ、検死にかかわったとしても、余計な情報は流したくないんですよ。今回は自殺ではなく、殺人事件ですしね。素人が勝手に動き回るのは危険です。こちらには守秘義務というものがあります。その点は、医療関係者と一緒ですよ」

「それじゃ、アシスタントはよそで探してください」

ぴしゃりと言い放つと、大久保はしばらく美並を見つめていたが、諦めたようにふたたび椅子に座った。

「被害者の男性が住んでいたのは岐阜ですが、実家は都内にありました」

「大久保さんは、被害者の実家を捜索に来たのですか？」

「ええ、そうです。二年前に母親が亡くなって、江戸川区の実家にはいまは誰も住んでいません。空き家になっています」

「空き家……」

被害者の遺体が発見されたのは安曇野の空き家だった。そして、被害者の都内の実家も空き家状態だったという。奇妙な符合に、美並はしばらく絶句していた。

「近所の人に聞いて回ったんですが、もう半年以上も被害者の姿を見た者はいませんね」

「仕事が忙しくて、実家に行く暇がなかったのかしら」

東北地方で一人暮らしをしている母親のことは気がかりだが、帰省する時間がなかなかとれない、と嘆いている看護師が美並の職場にもいる。母親が亡くなったとなれば、余計に帰省する気力は失せるものかもしれない。

「だと思いますね」

「じゃあ、事件の手がかりは実家周辺にはないと考えていいんですね？」

「いまのところは」

「住んでいた岐阜の人間関係を中心に捜査している、という意味ですか？　確か、被害者は独身だったはずですが、異性を含めた交友関係を中心に？」

「まあ、一般的にはそういう流れになります」

大久保は答えて、どこまで事件に興味を示しているか探るように美並の顔をのぞきこむと、迷いを吹っきったように続けた。

「被害者は岐阜の食品会社に勤めていましたが、月曜日の朝、会社に出勤せずに行方不明になっています。携帯電話や財布などの所持品は見つかっていないので、所持したままで姿を消した形です。その前の週末、同僚と口論になったのを職場の人間が見ています。自宅アパートでもいくつか近隣トラブルを抱えていたという情報を得ています。大きなトラブルではないみたいですが、隣の住人に『テレビの音をもう少し小さくするように』と注意したり、部屋の前の通路にゴミが落ちていたのを管理会社に文句を言ったりした内容だったようですね。『掃除をもっと丁寧にやってほしい』とね」

「潔癖症で、クレーマーだったということですか？」

「いや、そこまで極端ではなかったようですね。同僚との口論も仕事を巡ってというより、文房具の貸し借り程度の小さなことだったみたいですから」

「貸したボールペンをなくされた、とか？」

「まあ、そうでしょうね。几帳面《きちようめん》な性格で、自分の机のまわりはきれいにしていたい、そういうタイプだったのかもしれません。職場にもいませんか？　うちの署長も人には口うるさく『整理整頓をしっかりしろ』と言うくせに、自分の机には書類を積み上げていますよ。つまり、人には厳しく、自分には甘い」

大久保はそう言って笑ったが、しゃべりすぎたというふうに真顔になると、「それじゃ、本当に失礼しますね」と腰を上げた。

「被害者の周辺で殺人の動機につながるような大きなトラブルはなかった、そうとらえていいんですね？」

帰られる前に、と美並は大久保に確認した。先日の間宮との「見合い」の席で提供した「空き家死体遺棄事件」の話題は、盛り上がっていた将来の「望月総合病院構想」の話題を封じ込めるのに絶大な力を発揮したのだった。何しろ、被害者の検死をしたのが祖父の龍太郎で、美並もまた現場の写真を自分の目で確かめ、現場となった空き家の中にこそ立ち入らなかったが、やはり外から観察したのである。次々と運ばれてくる料理を食しながら、美並と間宮と中森の三人は、それぞれの推理を披露し合った。三人が共通して疑問に感じたのは、「なぜ、犯人は死体を安曇野の空き家まで運んだのか」という点だった。土地勘があったのか、所有者と何らかのつながりがあったのか……。

「まあ、そうなります」

あまり事件に関心を持たせてはまずい、と思い直したのか、大久保はやや投げやりに答えた。

「車を使わないと遺体は運べませんよね。空き家周辺で、不審な車の目撃情報などはあるのでしょうか」

――犯人には土地勘があったかもしれないが、都会よりも田舎のほうが防犯カメラの数が少ないから、それだけ自動車の目撃情報などの手がかりも少なくなる。それに、はるか遠く離れた土地の空き家に死体を遺棄すれば、発見されるまでの時間が稼げて、身元や死因の特定もしにくくなるし、遺体の運搬の経路についての推測も困難になる。

そんな鋭い推理を導き出したのは、意外にも生ぐさい事件になどもっとも関心がなさそうな間宮だった。

「若先生」

と、大久保は苦い顔をした。「そこまでは、さすがに教えられませんよ。もちろん、聞き込みはしていますけどね」

「もう一つだけ」

ドアへと向かう大久保の前に、美並は立ちはだかった。

「もう一つだけ情報をくださったら、警察医のアシスタントを確実にお引き受けします」

10

――東京と埼玉、神奈川、千葉の四都県の空き家は、二〇〇八年度の調査では約百八十六万戸ありました。全国では、総住宅数の十三・一パーセントを空き家が占めています。

先日、テレビの報道番組で、評論家が具体的な数字を挙げながら「急増する都市部の空き家」に言及しているのを聞いて、そんなに多いのか、と美並は驚いたが、意識しながら自宅のある阿佐谷界隈を歩いてみると、なるほどそうかもしれないという気がしてくる。表札が出ていない家もあれば、明らかに庭木の手入れがされていない家、敷地内にゴミがたまっている家、外壁にひびが入ったり、雨樋が腐ったりしているのを放置している家もある。

「安曇野でも空き家は増えている」と言ったのは、峰雄だった。だが、都会が田舎と違うのは、「それが本当に空き家なのかどうか」外から見ただけではわからない点ではないか。隣近所の結びつきが弱い都会では、隣人が誰なのかさえもわからぬケースが増えている。住人が入院したり、海外赴任したりして、そこが一時的に人の住まない状態になっているのか、あるいは、住人が死去して、永遠に人の住まない状態になっているのか、知るのは容易ではない。個人情報保護法が壁となって、近所の人間とはいえ、住人の情報を得るのはむずかしい世の中になっている。

――殺された小柳潔の実家も空き家だった。

総武線の平井《ひらい》駅で降りて、北口へ出ると、美並は改めて心の中でつぶやいた。はじめて足を踏み入れる街である。当直明けで、夕方から時間が自由になった。急患が何人も来て、昨夜はほとんど仮眠をとれなかった。それでも、眠気は覚えないし、疲れはまるで感じない。

――それだけ若いってことよね。

われながら、体力に感心する。適材適所。その言葉が美並の頭に浮かんだ。いまこそ、求められる場所で若いパワーを発揮すべきだろう。この事件が解決したら、病院を辞めて安曇野に帰ろう。そして、警察医のアシスタントをしよう。

小柳潔の実家は、江戸川区の平井にある。警察医のアシスタントを引き受けることと引き換えに、大町署の大久保から住所を聞き出した。地図で調べたが、平井駅北口から徒歩七分あまり、荒川と旧中川に挟まれた、蔵前橋通りを渡ったあたりの住宅街の一角だ。

「被害者の実家の住所を知って、どうするんですか？　まさか、実際に行ってみるなんて言い出さないでしょうね」

龍太郎から美並のことを「少々でしゃばりで、むこうみずなところのある子」と評された大久保は、警戒心を示しはしたが、被害者の実家の住所などいくらでも調べる方法があると思ったのだろう、しぶしぶ教えてくれた。それで、実家が殺害現場ではないと警察は判断したのだろう、と美並は受け止めたのだった。

——被害者の実家が空き家で、死体が遺棄されたのも空き家だった。

単なる偶然だろうか。「空き家」がこの殺人事件の重要なキーワードになっているのではないか。そんな気がしてならない。

「空き家」というキーワードを意識しながら街歩きを始めると、空き家かどうかはわからないが、人の住む気配が感じられない建物が目についた。一階の雨戸も二階の雨戸も閉まっているのは、長期の旅行で不在なのか。手前に郵便ポストが八つ並んだ奥に細長い建物はアパートだろう、手前から二番目の部屋の玄関ドアの郵便受けにガムテープが貼られている。チラシの類の投げ込み防止のためだろう。

蔵前橋通りにはのれんの下がった飲み屋やクリーニング店などもあったが、一つ路地を入ると、そこはアパートや戸建住宅ばかりになった。門扉のある家も、門柱だけの家もあるが、ゆったりとした敷地の戸建住宅はない。

目当ての家は、石造りの門柱だけの二階建ての家で、「小柳」と横書きの表札が郵便受けの口のある門柱に、縦書きの表札が玄関ドアの横にはまっていた。駐車スペースはなく、建物の右手に人一人が通り抜けられるくらいの庭がある。門柱から左右に生垣が巡らされていて、ヒイラギと思われる硬そうな葉をつけた枝は、夏の日を浴びて伸び放題状態になっている。門柱のあいだから玄関は見えるが、生垣の前からでは密集した葉に遮られて中がうかがえない。久しく刈り込んでいないのだろう、生垣は二メートルはゆうに超える高さになろうか。

左隣はアパート、右隣は小柳家より敷地の広い門扉のある二階建て住宅だ。アパートとの境の生垣も生い茂った緑に覆われているが、反対側の隣家との境に生垣はなく、境界となっているのは隣家のブロック塀だ。隣家の庭はよく手入れされているらしく、松の枝が丸くきれいに刈り込まれている。門扉のそばにはやはり丸くカットされたつつじや石楠花《しゃくなげ》などの植栽があり、花の咲く季節には道行く人の目を楽しませてくれるだろう、と美並は想像した。昨日まで二日間、雨降りが続いていたせいか、雨に洗われた植え込みの緑が目に痛いほどまぶしい。

小柳の隣家は、「長谷川」という姓らしい。太い門柱にかかる表札には三つの漢字が植え込みのカットに似せて丸みを帯びた気取った形に彫り込まれている。左手にアーチ型の屋根の柵付きのカーポートがあり、赤や青や黄などのパンジーのような小花を中心とした鉢植えが三列に整然と並べ置かれている。もとの用途はカーポートだが、自家用車を処分して鉢植え置き場にしているようだ。まめな性格の住人らしく、カーポートの床のコンクリートにほうきで掃かれた跡がついている。自家用車が不用の住人となれば、高齢の住人だろうか。

——草花の好きなおうちなのね。

そう思いながら小柳家の隣家を通り過ぎ、緩やかな坂を下って行くと、似たような家並みの繰り返しになる。カーポートのある家、ない家。門扉のある家、ない家。表にカーポートがないだけで、裏に回れば小さな駐車スペースがあるのかもしれない。

帽子をかぶった女性がその緩やかな坂を歩いて来る。トートバッグのようなものを持ち、各戸にチラシを投げ入れている。

——ポスティングね。

新しくできたコンビニや宅配ピザ、新築マンションなどのチラシを家々の郵便受けに入れ歩く仕事があり、その仕事をポスティングと呼ぶというのは、雑誌で読んで知った。好きな時間に作業ができるので、子育て中の主婦のバイトに最適だと書かれていたが、実際のところはどうなのだろう。こういうのも効率的に配布するのにコツがあるのだろうか。一枚をそのまま郵便口に滑り込ませたほうがいいのか、二つ折りにして差し入れたほうがいいのか。天気のいい日はさぞかし日焼けするだろう。そんなことを思いながら、帽子の女性の機械的な手の動きを見ていた美並は、ハッとした。何気なく通り過ぎ、振り返って彼女の作業を見守る。チラシは、空き家である小柳家の郵便受けにも差し込まれ、ピンク色のチラシの一部が外にはみ出ている。

――小柳潔の姿は、もう半年以上、近所の人たちに目撃されていなかったはず。大久保から仕入れた情報を思い起こした。では、郵便物はどうしていたのだろうか。半年以上も放っておけば、郵便物や投げ込まれるチラシの類もたまる一方のはずだ。空き家の郵便物などを管理する会社もあるというが、被害者がそういうサービスを利用していたとは聞いていない。

美並は、もう一度、小柳家の前に立ち、門のあいだから建物を眺めた。どういう手順を踏んだのかはわからないが、大久保が捜索のために上京したのだから、鍵の業者に開けてもらうかして、建物内に入ったのは間違いない。あるいは、被害者の会社の持ち物から実家の鍵が見つかったのかもしれない。そして、ここが殺害現場になったのではない、という確信を得たから、ここは立ち入り禁止にはなっていないのだろう。捜査の中心は、被害者が住んでいた岐阜市内のアパートや勤務先の周辺に限られているはずだ。大町の空き家の所有者も被害者のことはまったく知らないと言っていたという。

「空き家」というキーワードに、美並はこだわっているのだった。

廃院になった堺市の桜田医院。

小柳潔の遺体が発見された大町市の空き家。

空き家となった被害者の江戸川区平井の実家。

――誰も住まない家が空き家となり、年月とともに建物も庭も朽ちていく。

人が住んではじめて家には命が宿り、家の集合体である街に活気が生まれる。どこかでだれかが作ったそんな詩を読んだ憶えがあるな、と思った瞬間、美並の頭に何かが引っかかった。さっき見た何かだ。

胸の高鳴りを感じながら、美並は同じ通りを何度も行き来した。

11

九年前に一度来ただけの場所なのに、駅からの道を足が正確に記憶していたことに、朋子は驚いた。

――あのときは、彼も一緒だった。

彼とは、当時交際していた小柳潔のことだ。いまより九歳若い自分の姿を、朋子は頭の中に描き出す。そのときの服装や持っていたバッグまで憶えているのはなぜだろう。夕方、銀座でデザイナーとの打ち合わせがあり、会社に戻る前にその足で平井の彼の実家へと向かっている。

九年前のあの日は休日だった。上野の美術館へ一緒に行き、上野広小路の洋食屋で昼食をとった。「今度、うちの母に会わせたいんだけど」と、コーヒーを飲みながら小柳に切り出されたとき、朋子は自分の気持ちが弾まないのを知った。「そろそろ……だろう？」と彼に促されて、ああ、そうか、もう三年もつき合っているんだ、わたしたち、とまるで他人事のように思い至ったものだ。

「お母さんにお会いすると思うと、何だか緊張しちゃうな」

と、朋子は肩をすくめてごまかすことしかできなかった。

「じゃあ、会う前にうちだけでも見ておけば？」

いきなり、小柳がそんなおかしな提案をした。

「先に家だけでも見ておけば、気持ちの準備ができて、緊張もほぐれるだろう」

「そうね」

なぜそんな論理になるのかわからなかったが、勢いで朋子はうなずいた。それで、あの日、洋食屋を出てから、小柳が母親と住む家のある江戸川区平井へと向かったのだった。

あらかじめ、「今日は、うちの母は留守なんだ」と聞いていたので、本当に家というか「建物」だけ見るつもりで同行したのだが、小柳の自宅が近づくにつれ、朋子の不安は高まっていった。「お母さんが留守だからって、家には上がらないからね」と、何度も念を押した。

ＪＲ総武線の平井駅を降り、北口へ出て、蔵前橋通りを渡る。小柳の自宅は、わずかに勾配《こうばい》のある道を上った途中にあり、想像以上に狭い敷地の、とくにこれといって特徴のないグレーっぽい外壁の二階建ての家だった。右隣も左隣も、小柳の家よりは広い敷地の戸建てでカーポートも設置されている。ドライブしたことはなかったが、小柳が運転免許証を持っていたのを知っていたので、「あら、車は？」と聞いたら、「ああ、うちは狭くてね。近くに駐車場だけ借りているんだよ」と彼は答えた。

もちろん、カーポートもない想像以上に狭い家だったから彼との結婚をやめたわけではなかった。しかし、デートのあとに彼に連れられて彼の自宅へ行き、母親と暮らしているという家を見たあと、「じゃあ、次は一人で来られるよね」と言われ、彼の母親に挨拶に行く準備をしていたら、急に怖くなった。

――わたしは、本当は、彼を好きではない。ただ、惰性で三年もつき合いを重ねてきてしまっただけ。

何が自分の本心を見つめるきっかけになったのかといえば、やはり、あのとき、二人で彼の自宅を訪れたことではなかったか……。

ターニングポイントになったのが何か、朋子は歩きながらあのときの会話や心理状態を思い返してみた。

「ぼくももう三十六だからな、母を安心させてやらないと、と思ったりするんだよ」

さらりと口にした彼の言葉が朋子には重かった。

——都内に実家のある人と結婚したら、わたしはここに住んで、彼のお母さんと同居する流れになるのかな。

はっきりと同居すると言われたわけではなかったが、なりゆきでそうなったら嫌だな、とは思った。しかし、そう聞いてみても、「とにかく会ってみてから考えれば」と言い返されそうでためらわれた。

両隣の家には門扉があったが、小柳家には家のサイズに見合わないほど太い石の門柱はあったものの、その二本の白い石柱をつなぐアルミの門扉のようなものはなかった。家構えより、そのことのほうがなぜか朋子の印象に強く残った。

「門扉がないと、泥棒に入られない？」

あのとき、家の正面に立って、思わずそう聞いてしまった。

「オープンなほうがかえって入りにくいさ。死んだ父が門柱にはこだわって、石屋に造らせたんだ。ほら、新潟の田舎なんかは車がそのまま敷地内に入れるように、門扉なんかつけないだろう」

小柳はそういう説明に続けて、自宅の歴史を次のように話した。

「もともとは、両隣の家も含めて大きな一軒の屋敷だったらしいよ。それを三軒に分けて、真ん中の一番小さい家を父が買った。小さくともまがりなりにも都内の一戸建て。新潟の伯父さんにはずいぶん自慢したみたいだね」

小柳の父親は新潟の出身で、大学進学のために上京し、東京で就職して、同じく地方出身の女性と結婚、都内に一戸建てを購入するまでの甲斐性を示した。しかし、息子の小柳が大学卒業後、食品会社に就職して二年目に病気で亡くなった。家のローンは父親の死によって清算できたのだという。

「子供のぼくが社会人になってから死んだから、母はすごく苦労したってわけじゃないけど、父の無念さはずっと感じていたようだったよ。『天国のお父さんに、一人息子の晴れ姿を見せてあげないと』なんて、時代がかった映画みたいなセリフを言ったりするんだ」

われながら恥ずかしくなるよ、と苦笑した小柳は、家には上がらないからね、と念を押しておいたのに、「少しだけ中でお茶、飲んでいかない?」と朋子を誘った。

「今日はやめとく」

と、朋子はかぶりを振った。家に上がったら最後、彼のペースに巻き込まれ、この家に取り込まれそうな気がして怖くなったのだ。

九年前の光景を思い描きながら、朋子の足は小柳の空き家となった自宅に近づいて行く。小柳家の手前、戸建住宅だったはずのところに、こぎれいなアパートが建っていた。所有者が家を売り、跡地をアパートにしたのだろうか。

アパートとの境の生垣も、小柳の家の前の生垣も緑で覆われている。反対側の隣家は当時のままのようだ。ブロック塀に囲まれて、門扉のあいだから手入れのいき届いた植栽が見える。

小柳家の白い石造りの門柱も当時のままで、中をのぞき見るかぎり、空き缶などのゴミがたまっている様子はない。一見、空き家という雰囲気は感じられない。空き家を匂わせるものがあるとすれば、夏の日を浴びて伸びた生垣の木々と猫の額ほどの庭に生えた雑草だろうか。門柱の郵便受けにガムテープが貼られているだろうと思っていたら、そんな様子もない。ピンク色のチラシが一枚差し込まれている。

——ここは、事件とは直接関係のない場所なのね。

静かな住宅街の静かな一角という様相を呈している小柳家を見て、朋子は大きくうなずいた。警察はすでに家の中に入ったはずだ。そこに血痕はもとより、争ったり、何かを運び入れたり、持ち出したりした形跡がないとわかれば、こうして空き家のままに放置しておくのだろう。

——この家はどうなるのかしら。

小柳にきょうだいはいなかった。父方の親戚の話は聞いたことがあるが、母方の親戚については何も聞かされていない。住人も所有者もいなくなった空き家の運命に思いを馳せてから、「空き家」という小柳と自分の共通点に思い至り、朋子は皮肉な話だと笑いたい気分に襲われた。朋子もまた、住人のいなくなった鹿沼の実家の処分に頭を悩ませているからだ。

——あのとき、彼の誘いに乗ってこの家に上がっていたら、わたしは結婚していたかもしれない。そして、ここに住む羽目になっていたかもしれない。

自分の運命を左右した家。しかし、その前に永遠にたたずみ続けることはできない。空き家となった小柳の家の前に立ち、それが彼への供養につながった、と自己満足を得て、朋子は駅へと踵を返した。あれから九年、幸いにも、自分は結婚相手に巡り合えた。しかし、あれから九年のあいだ、小柳は結婚せずに、独身を通していた。交際した相手はいたかもしれないが、結婚には至らなかったということだ。

――彼にとっては、わたしが理想の女性だったのか。

わずかに心が痛み、思いがけなく目頭が熱くなった。九年という歳月の長さを痛感する。そのあいだに、彼は岐阜に転勤になり、小柳の母親はこの家に一人になった。そして、二年前にその母親が亡くなり、この家は空き家になった。それらの情報を、朋子は週刊誌から仕入れていた。

――あのとき、彼と結婚していたら……。

何度となく繰り返した〈あのとき、こうしていたら〉の仮定が脳裏を巡る。結婚をためらわせたもの。はっきりこれだと示すことはできないが、やはり、あの日、二人でこの家に来たことがきっかけになったとしか考えられない。

そうだ、と何かが閃いた。朋子の胸が激しく脈打った。いま来た道を引き返す。ふたたび小柳家の空き家の前に立ち、石造りの門柱の前で大きく肩を上下させた。

「ここの石がはずれるんだよ」

あのとき、小柳は敷地内に入ると、いたずらっぽい表情で、門柱の内側に立ったのだった。そして、かがみこむと、下のほうの石を動かした。石が蓋の役割を担っていて、手前にとりはずせるのだった。

「何、それ。何かの仕掛け?」

そう問うた朋子に、

「おもしろいだろう?」

小柳は、ニヤリとして愉快そうにこう言葉を継いだ。

「たまにここに玄関の鍵を隠しておく。なくしたときの予備の鍵としてね」

——そういう箇所まで、警察は調べるものだろうか。

彼とのやり取りを想起して、そんな疑問が生じたのだ。小さな好奇心に突き動かされたと言ってもいい。

門扉がないとはいえ、門柱の向こうに一歩入れば、それは不法侵入になる。しかし、ここは空き家である。しばらく躊躇したが、好奇心には勝てなかった。周囲を見回すと、人の姿はない。思いきって、朋子は門を抜けた。門柱に身を隠すようにしてかがみこむ。黒いブツブツの入った白く細長い石がレンガ状に積み重ねられている。横の長さは二十センチくらいだろうか。一番下の石の目地に指を当てると、わずかにずれる感触がする。手前に引き出す。と、ゴリッと音がして、四角い石の蓋がはずれた。

紐でたぐり寄せられるように脳味噌からするすると記憶が引き出された。「ほら」と言われて、あのときも軽く手を触れてみたが、その手の感触が記憶をよみがえらせたのかもしれない。

「これは、白御影石《しろみかげいし》」

思わず、朋子はつぶやいた。あのとき、小柳が「これは高価な石でね」と言った石の名前を不意に思い出したのだ。と同時に、行為に伴って当時の会話や感情もよみがえった。

「お父さんがこういう細工をしたの?」

「父の遊び心でね。特注らしいよ。父が死んで、いまはぼくと母の秘密の場所」

秘密の場所、という響きが朋子の背筋を寒くさせた。

――こういう秘密の隠し場所を持っている家には、もっとほかに隠している大きな秘密がありそうだわ。

ふと、そう感じて、それが彼への嫌悪につながった。すると、途端に、彼に関するどうでもいい些細な事柄が浮上してきた。小柳には几帳面なところがあり、レストランで食事をしたときなど、テーブルのこぼれたパンくずが気になるらしく、次の料理が運ばれる前にそれらを近くの道具を使ってきれいに片づける癖がある。ナイフやフォークの背で、何もなければてのひらで。片づけるといっても、ただパンくずを集めてテーブルの下に落とすだけなのだが。

朋子は、急に、彼のそんなしぐさが気になった。彼にはきっとわたしの知らない癖がもっとたくさんあるはずだ。結婚したら、それらの癖――秘密――があとからあとからわき出てくるのではないか。恐ろしげな想像が膨らんでいった。

――だから、わたしは彼との結婚をやめたのだ。

石の蓋がはずされたあとの空洞に真実を見つけたように思って、朋子は感慨深いため息をついた。あれから九年たったいま、結婚しないと決めた確固たる理由がやはり存在した。

そこには鍵はないが、小さな白い紙が入っている。朋子は、紙を取り出して読んでみた。

――帰宅されたら拙宅にいらしてください。長谷川
黒いボールペンの柔らかな字によるそんな文章が書かれている。

「長谷川って……」

小柳家の隣家の姓ではないか。

もう一つ、ねじれていた記憶が形を戻して朋子の中によみがえった。小柳に連れて来られたとき、「隣の家のおばさんがうるさくてね」と、彼は顔をしかめて隣人の悪口を言ったのだった。

「『そろそろ、生垣をお刈りになったほうがいいんじゃないですか？』と余計な口出ししてきたり、駐車場がないうちが道路に車を停めておいたりすると、すぐに家から出て来て注意したりね」

そのうるさいおばさんの姓が「長谷川」で、自分の姓が「長谷部」。姓が似ているのは

偶然にすぎないのに、その偶然性が小柳と自分、二人の暗い将来を暗示しているように思えてならなかった。結婚してこの家に住むとなったら、隣家とのつき合いも大切だからだ。

――でも、なぜ、こんな紙がこんなところに？

隣人は、小柳家の門柱の不思議な仕掛けを知っていたのだろうか。普通に考えれば、これは、空き家状態の自宅に岐阜から帰省した小柳への隣家からの伝言――メモということになる。

――秘密の場所を隣人に教えていて、ここを通信の場にしていた？　郵便受けだと、門扉のないこの家では盗まれそうだから？

そうであれば、小柳はこのメモを読まずに殺されてしまった形になる。これは、捜査に役立つ情報になるだろうか。

はずした石の蓋を元に戻すと、そのメモを手に、朋子は門を出た。隣家の「長谷川」と表札のかかった門柱の前に立つ。光沢のある黒い石に白く彫られた文字。その表札の横にセキュリティ会社のシールが貼られている。蔓バラのようなデザインの左右対称の門扉は鋳物製だろうか。左手にアーチ型の屋根に覆われたカーポートがあり、自家用車のかわりに小さな鉢植えがいくつも並べられているのが柵のあいだから見える。

「何かご用ですか？」

突然、植栽の脇からぬっと現れた女性に、朋子の心臓は飛び跳ねた。女性は、鋳物製の門扉の向こう側に立ち、警戒心を露にしたまなざしで朋子を見つめている。長谷川家の主婦だろう。

「お隣は、小柳さんのおうちですよね」

「そうですけど」

事件のことに彼女が触れるのを期待したが、長谷川家の主婦は何も言わない。そこで、

「隣の小柳さん、亡くなりましたよね」

と、朋子のほうから話題にした。

「そのようですけど」

長谷川家の主婦は、それがどうした、と言わんばかりの訝しげな表情を向けてくる。

「ずっとお隣の前にいらっしゃいましたよね？」

それには、朋子は答えなかった。それほど長い時間、たたずんでいたとは思えなかったが、自分の前に誰かマスコミ関係者でも訪れたのだろうか。

「お隣が空き家だったのはご存じですか？」

「ええ」

と、隣人は訪問者を追い払うように顎を突き出した。

「これ」

とっさに朋子は、手にしていたメモを差し出した。

「小柳さんのご親戚の方？」

長谷川は、受け取ったメモから目を上げた。

「親戚ではありません。知り合いです。小柳さんは、最近、こちらにいらしたんですか？」

「いいえ、ずっといらしていませんよ」

「じゃあ、それは……」

「どこにあったんですか？」

長谷川は、メモと朋子に交互に視線を走らせた。口元がこわばっている。

——言わないほうがいい。

直感でそう悟った。彼女は、このメモがあった場所を知らない。

「小柳さんのことで、お話ししたいことがあるんですよ。どうぞ」

と、長谷川はやや口調を和らげて言い、門扉を開けた。

——聞いておかねばならない。

こちらも、直感でそう思った。危険な空気も多少は感じ取っていたが、やはりそれよりも好奇心が勝っていた。

門から玄関までのアプローチに、菱餅のような形の敷石がいくつか埋め込まれている。長谷川の後ろに続いて、その最後の敷石を踏もうとしたとき、カーポートの陰から誰かが飛び出して来た。黒い服を着た男だった。腕をつかまれて叫び声を上げようとした瞬間、首筋に冷たいものが当てられた。

「騒ぐと怪我しますよ」

男が言った。蛮行に反して、意外なほど紳士的な口調だった。

12

自宅に帰ると、アトリエに研一のいる気配がした。大学の講義が毎日入っているわけではなく、取材旅行や学会に出る以外は、アトリエで大作に取り組んだり、書斎で書き物をしたりする時間が徐々に増えてきている研一である。職場の懇親会があるから帰りは遅くなる、と京子が言っていたのは憶えている。

夕飯は美並が用意することになりそうだ。台所へ行き、冷凍庫をチェックして、京子が作り置きしてくれたハンバーグを見つけた。夕飯は、ハンバーグにマカロニサラダに野菜スープにしよう。

献立を決めると、自宅の固定電話を使って、大町警察署に電話をした。小柳潔の自宅からの帰り道、一度電話をしたのだが、大久保は外出中だった。

「先日はどうも」

今度は、大久保はすんなりつかまった。

「気になることがあるんです」

挨拶抜きに本題に入る。

「小柳潔の実家に行ってみたとか？」

地方の警察署とはいえ、さすが刑事である。大久保の勘は冴えている。

「ええ、それで気になった点がいくつか。小柳さんの姿は近所の人には半年以上目撃されていなかった、と言ってましたよね。郵便物はどうしていたのでしょう」

「ああ、それは、捜査共助課の協力も得て、こちらで回収しましたよ」

「半年だったら、かなりたまっていたんじゃないでしょうか。チラシやダイレクトメールなんかもあったでしょうから」

「分量的にはそれほどでもなかったですよ。小柳潔宛てのものは岐阜に送られていたはずだし、母親宛てのものは死後に手続きをしてストップしていたようですしね」

「郵便物の中に何か手がかりは？」

「それは言えませんね。捜査上の秘密ですから」

大久保は、美並の誘導には乗ってこなかった。

「半年のあいだに、小柳さんが上京していたとは考えられませんか？」

「えっ、それは……」

何かに思い当たったらしく、大久保が口ごもった。

「近所の人が見ていなかっただけで、実際は帰っていたかもしれません。たとえば、夜遅かったりしたら、誰にも見られなかった可能性はありますよね」

「被害者が行方不明になる前の行動は、岐阜のほうで調べていますよ」

「上京した可能性はある、そう考えていいんですね？」

「若先生、ずいぶんこだわりますね」

大久保は笑いによって、美並の気をそらそうとしたらしい。

「近所の聞き込みはしたんですよね？」

「もちろんですよ」

「お隣の長谷川さんのお宅も？」

「長谷川？　ああ、ご主人が単身赴任のお宅ですね」

「お隣のカーポートには車がなかったんですが、自家用車は処分したのでしょうか」

「いや、ご主人が赴任先に置きっぱなしだとか。赴任先は静岡でしたか。一度会社を定年になったが、また子会社に勤め始めて、それが静岡で、とそういうご家庭でしたよ」

「車を赴任先に置きっぱなし。奥さんがそう言ったんですね？」

「ええ」

「カーポートのコンクリートにタイヤの跡がありました。比較的新しいもののように見えましたけど」

色とりどりの花を咲かせた鉢植えが並べ置かれていたカーポートを思い出して、美並は言った。掃き清めたつもりだろうが、雨降りのあとで、車のタイヤの跡がうっすらと残っていた。ここ最近、車の出入りがあったという証ではないか。

「それから、小柳さんの家の生垣の枝はずいぶん伸びていましたよね。たぶん、ヒイラギだと思いますが、あれってかなり虫がつくんですよ」

それは、美並の職場の看護師のぼやきそのものだった。東北地方で一人暮らしをしている母親が心配で、休みの日には日帰りで実家に帰省するという四十代の看護師は、「まめに生垣の手入れをしないと、ご近所から苦情がくるんですよ。『定期的に剪定《せんてい》したり、生垣消毒したりしてください』ってね。大量に害虫が発生して、お隣の庭木にまで被害が及ぶことがあって。でも、母は腰を痛めていて、庭木の手入れは無理なんです。造園業者に頼むにしても、わたしが立ち会うしかなくて」

と、情けなさそうな顔でこぼしていた。

——空き家を巡るご近所トラブル。

「空き家」というキーワードからそういうフレーズを連想した瞬間、美並は大久保に連絡しようと思い立ったのだった。思い過ごしであればそれはそれでいい。

「わかりました。調べてみます」

何か思うところがあったらしい。低い声でそう言うと、大久保は電話を切った。

やるべきことはやった。大きく深呼吸をすると、美並は研一のいるアトリエへ向かった。

もう一つ大きな仕事——自分の決意を父親に伝える——が残っている。

13

自分の置かれている状況はわかりすぎるほどわかっている。が、現実感が伴わない。しゃれた門構えの家。よく手入れされた庭の植栽。多少口うるさいかもしれないが、掃除好きで料理が得意そうな平凡な主婦。舞台は平和な家庭で、登場人物は善良な隣人夫婦。

ありふれた家庭のありふれた和室に、朋子は非日常的な格好で「監禁」されている。最初に目隠しをされて視力を奪われ、口にガムテープを貼られて声を奪われ、それから手足を縛られて身体の自由を奪われた。いまは、畳に寝転がされている。サスペンスドラマでこんな光景を見たことがあったな、と思い出したが、ドラマの中の舞台は日常からかけ離れた操業停止になった工場だったし、主人公の女性を拉致したのは見るからに人相の悪い男たちだった。そのドラマでは、主人公は危機一髪で名探偵に救い出されたのだった。

――わたしはどうなるのだろう。

ドラマと現実とはこんなにも違う。ここはごく普通の住宅街のごく普通の一戸建て。その違いに注目したとき、朋子の体内を恐怖が駆け巡った。現実はドラマのようにうまくはいかない。このままわたしは……。

「どうするのよ」

女の苛立ったような声がふすま越しに聞こえてきた。

「どうするもこうするもないだろう」

女の声をねじ伏せるような強い語調の男の声。

朋子は、家の間取りを思い描いた。ナイフを突きつけられて家に上がり、廊下を進まずに連れ込まれた手前の部屋が和室だったから、隣はリビングルームか。

「また、ああいうふうにするの？」

「ほかにどうすればいい」

ああいうふう、の中身を想像して、朋子の背筋を悪寒が這い上がった。

もう間違いない。彼らが小柳潔を殺害し、遺体を安曇野の北のはずれまで運んだのだ。

その小柳を訪ねて来た朋子が長谷川夫人の書いたあんなメモを持って来たせいで、窮地に陥ってしまった。あのメモは、やはり、犯行の証拠となるものだったらしい。この家と被害者の濃密な関係を示すものであったのだ。

――久しぶりに実家に帰った小柳は、長谷川夫人が書いたメモを読み、何か苦情でも言われるのだろう、と身構えて隣家へ行った。そこで口論になり、帰ろうとしたところを、背後から鈍器で殴られて転倒した？

――妻に呼ばれて、どこかから車で駆けつけた夫が遺体を安曇野まで運んだ？

朋子は、縛られた姿でそんな推理を巡らせた。遺体を運搬する前に、身元がわからないように所持品を処分したり、汚れた衣類や靴を脱がせたりなどの工作をしたのかもしれない。

長谷川夫人の書いたメモがあの隠し場所にあったのはなぜだろう。証拠となるようなものを彼女が残しておくはずがないから、あれはメモを読んだあと、小柳が捨てずに、あの場所に隠したと考えざるを得ない。「隣のうるさいおばさんに苦情を言われる」と警戒して、うんざりした小柳が「そんなものは永遠に封印してしまうぞ」という意味をこめて、秘密の場所にしまったのかもしれない。そして、おもむろに隣家に乗り込んだのだろう。朋子は、そんなふうに推理を発展させたが、小柳は死んでしまった。もう真意を知る機会は永遠に訪れない。

夫婦の会話は途絶えた。紙を裂くような音がしたあと、不意に音楽が流れた。CDらしい。『愛の挨拶』の甘くやさしいピアノの音色は、ピアノを習っていた朋子もよく知っている。

――そうよ、実家のピアノもどうにかしないといけない。

ピアノ専門の買い取り業者に出すか。調律を頼んでから、子供のいる菜摘に引き取ってもらうか。しかし、福井まで搬送するのはひと苦労だ。菜摘の子供は二人とも男の子で、いまからピアノの稽古を始めそうにない。やはり、わたしが引き取るのが一番いいのだろう。ヤギちゃんと結婚して、どこか地方の街で暮らし始めたら、その家に思い出がしみこんだ古いピアノを運び込もう。

こんな緊迫した状況の中で、そんな日常的な雑事をぼんやりと考えられる自分が朋子は不思議だった。すでに感覚が麻痺し始めているのだろうか。

音楽がやむと同時に、「もう、おしまいにしましょう」と、金切り声に近い女の声が上がった。

「もうやめましょう、こんなこと。あのときとは違うもの」

苛立ちを含んだ叫び声に、女のすすり泣きが続いた。

男は黙っている。

かわりに、玄関チャイムが屋内に響いた。

14

「左から、餓鬼岳２６４７メートル、右へ向かって七倉岳２５０９、北葛岳２５５１、針ノ木岳２８２１、蓮華岳２７９９、赤沢岳２６７８、鳴沢岳２６４１、新越乗越《しんこしのっこし》２４６２、岩小屋沢岳２６３０、種まき爺さんの雪形で有名な爺ヶ岳が２６７０、布引山２６８３、鹿島槍ヶ岳２８８９、武田菱の雪形で有名な五竜岳が２８１４、白岳２５４１、唐松岳２６９６メートル。と、ここまでが大町警察署の管内ですかね。それから右へ白馬鑓《しろうまやり》ケ岳、杓子岳、白馬岳と白馬三山が続きます。当然ですが、それらは白馬方面へ行くときれいに見えますよ」

観光ガイド顔負けの大久保の流暢な説明に感心して、美並は、しばらく「すごい、すごい」と繰り返していた。郷土愛にあふれた峰雄でさえ、ここまでの暗記力を発揮できるとは思えない。

「すごい」と感嘆の声を上げたのは、流暢で正確な説明に対してだけではない。目の前に屏風《びょうぶ》のようにそそり立ち、左右に広がる北アルプス連峰の大パノラマの迫力に圧倒されたせいだった。茶色い岩肌と木々の緑と白い残雪のコントラストが美しい。絵心のある者なら誰でも、この景色を自分の筆でキャンバスに再生したくなるだろう、と美並は父親が描いた山を本物の山に重ねた。

「北アルプスとその麓の大町市を一望できる、ここからの眺めが最高なんですよ」

そう言いながら、大久保はゆっくりと展望台の東側へと移動した。

「手前の松が邪魔して見えませんが、晴れた日にはそっちに浅間山が見えるはずです。それから、はるか向こうに富士山も。今日はうっすらとガスがかかって見えないかな。ああ、でも、富士山の次に高い北岳は見えますよ。ほら、あのあたりが南アルプスで、あそこに」

大久保の指差す方向を目を細めて見たが、尖った三角の形が白い雲海の一部なのか、雪の頂なのか区別がつかず、美並は、諦めて近い北アルプスの山々に視線を戻した。

「日本広しといえども、これだけの山々を一望できるロケーションはここ以外にありません」

日本全国を回って確認したわけではないが、大久保の言葉に納得して、美並は大きくうなずいた。雄大な北アルプスの裾野に大町市の市街地が広がっている。市制施行六十周年、美麻村と八坂村と合併してからもうじき十年、人口三万人弱という数字は、こちらに移住する前に予備知識として仕入れた。

そして、今日、土曜日の昼休みを利用して、大町警察署の刑事、大久保に連れられて、北アルプスと大町市の市街地が一望できるという鷹狩山の展望台にやって来たのだった。途中、大町山岳博物館を見学し、勾配のきつい坂道をくねくねと大久保の運転する車で上がってようやくたどり着いた。

「この鷹狩山は、松本の藩主が鷹を狩りに来て名づけたと言われています。どうです、見事でしょう？　来てよかったでしょう？」

大久保は、得意そうな表情で美並に聞いた。出身は横浜なのに、すっかり地元出身者になりきっている。

「あれらの連山の頂《いただき》まで大町署の管内ですよ。そう教えるためにわたしを連れて来たんですか？」

見事なのはわかった。が、いたずら心を起こして嫌味をちらりと言うと、

「まあ、それもありますけどね」

と、大久保は認めて笑ったが、

「うちの署は、大町市のほか、北安曇郡もカバーしています。池田町、松川村、白馬《はくば》村、小谷《おたり》村ですね」

と、刑事らしい口調になってつけ加えた。

しばらく二人は、ひたすら雄大な眺望を楽しんでいた。

「大久保さん、やっぱり、山がお好きなんですね」

深呼吸をして、美並は言った。そうでなければ、名前や標高をこれほど正確に覚えられないだろう。以前、「山が好きか」と尋ねた美並に、大久保はストレートな答えを返さなかった。

「好きです。でも、登山はやりません。見るだけです」

前とは答え方が違い、好きだ、と彼は断言した。

「お兄さんのことがあるからですか？」

「兄は、ぼくが高校生のときに亡くなりました。兄とは年が八つ離れていたので、大学を卒業して公務員になっていましたけどね。休みをとって、春山に登って、天候が急変して

……。春山は危険だ、雲行きが怪しいと思ったら、引き返す勇気を持て、とよく言われますけどね。有休をとって山に登るとなると、もったいないという気持ちが先にたって、どうしても無理をしてしまう」

「どこの山で遭難したんですか？」

「槍ケ岳です」

槍ケ岳。三千メートルを超える山だ。ラクな山ではない、と高い山への登山経験のない美並も知っている。

「大町市と松本市、それに岐阜県にまたがる山ですよ」

兄を奪った憎い山なのに、どこか郷愁を感じさせる口調で大久保は言い、肩をすくめた。

「これ以上、両親を悲しませたくないから、ぼくは山には登らないんです。兄の死を教訓にして、山の事故を減らそうと活動しているんです。登山する人には登山届を提出させる。山での怪我や事故に備えて保険をかけるように勧める。登山計画に無理がないかチェックする。と、いろいろありますが、いまは、山岳ガイドに能力を磨いてもらうための研修施設を準備する活動をしています」

「わたしも何かお力になれればいいのですが」

「いえいえ、若先生には、こちらに帰って来ていただいただけで充分です」

はからずも、彼も「帰る」という動詞を使った。

「わたしも、帰って来てよかったと心から思っています」

しかし、美並もまた「帰る」という動詞をごく自然に使った。「空き家死体遺棄事件」から三か月、大学病院との接点を保つことを条件に、後任の勤務医を見つけてもらい、めでたく父の郷里で新しい仕事に就くことになった。もう北アルプスは秋の山で、紅葉シーズンを楽しむために観光客がたくさん入山している。あとひと月もすれば粉雪をまぶしたような姿になるだろう。

「若先生が警察医になってくれて、鬼に金棒ですよ。フットワークは軽いし、推理能力は抜群だし」

「警察医のアシスタントです」

正確な表現に訂正して、美並はにっこりした。表向きの警察医は望月龍太郎で、美並はそのアシスタントなのである。祖父と孫娘のコンビ。そのあいだの父親も跡継ぎになっていれば、めでたく三世代で警察医になれたかもしれないが、そこは変則的な「三世代警察医」としておこう。

「正直に言いますが、若先生のおかげで、警察医に対する見方が変わりました。それまでは、少し惰性で仕事をしていた部分がありました」

大久保は神妙な顔で言い、

「あのとき、若先生が電話をくれなかったら、あんなに迅速に彼女を救出できていたか」

と、当時を反芻《はんすう》するように胸に手を当てた。

「あれには、われながら驚きました。『空き家』というキーワードから、ふっと『隣人トラブル』を連想しただけなんですが。自家用車がないとできない犯行ですし」

「大先生が『美並は勘のいい子だ』とおっしゃっていましたが、まったくそのとおりですね。しかし、無謀なことはあまりしてほしくないです」

これからも、と大久保は言い添えて美並へ顔を振り向けたが、今後は無謀なことをしないと約束する気がなかったので、美並は聞こえなかったふりをした。

美並からの電話を受けた直後、大久保は警視庁の捜査共助課にただちに連絡し、小柳潔の実家の隣人宅を制服警官に訪問させたのだった。ちょうど、被害者の岐阜での行動を追っていた捜査班が被害者のアパート付近や新幹線の駅周辺の防犯カメラ映像を解析中で、「失踪直前に、被害者が新幹線で上京した」という情報を得たところでもあった。

制服警官による単なる「巡回」という形だったが、いきなり警察官に玄関チャイムを鳴らされたことで、長谷川夫妻——とくに、妻の長谷川聡子《さとこ》のほうが仰天してしまったらしい。

——女性を家に連れ込んだところを誰かに見られていて、通報されたのだと思いました。それで、おまわりさんが様子を見に来たのだと。もう逃げ切れない、と観念しました。

長谷川聡子がそう供述した、と美並は、ニュースで知る前に大久保から聞いていた。

監禁されていたのは、約十年前に被害者と交際していた女性で、被害者の実家を訪れた目的については、「わたしなりの彼への供養のためです」と答えたという。その女性は、結婚が決まっているともいう。

「もう解決したのだから、いいでしょう。警察医の、いや、警察医のアシスタントの役得です、お教えしましょう」

と、マスコミが報じなかった詳細についても、大久保は話してくれた。被害者の元交際女性は、被害者の実家の門柱に秘密の隠し場所があるのを知っていて、そこに入っていたメモを持って隣家へ行き、そこで長谷川夫妻に拉致されたのだという。メモの内容を知り、美並は、長谷川夫妻が彼女を口封じのために監禁し、その「始末」に苦慮していたのだと察した。

しかし、もともとは、ごく普通の家庭の善良な主婦であり、勤勉な夫である。良心の呵《か》責《しゃく》に耐えかねて、殺人を重ねることを踏みとどまったのだと思われた。

最初の殺人——小柳潔を死に至らしめてしまったのも、弾みだったという。

――結婚して四十一年。わたしたちに子供はいません。夫は転勤族で、東京に転勤になったとき、ここに一戸建てを買ったのです。わたしはここを守りたくて、夫に単身赴任をしてもらいました。夫は、六十五歳まで静岡の会社で働くことになっていました。あと一年の辛抱でした。夫が退職したら、二人で田舎暮らしをする夢がありました。それで、あちこち物件を探したんです。説明会にも出てみたりしました。説明会には、田舎の物件を売りたい人もたまに参加することがありました。説明会の会場で、「信州の実家が空き家になっている」という人がいました。興味を持ったので、どのあたりか、住所を聞いておいたんです。それが、大町市のあの空き家でした。こちらの名前は教えなかったので、わたしたちのことはわからないだろう、と思っていました。夫は税理士の資格を持っているので、田舎でも開業できます。料理が好きなわたしは、自然の中でお菓子作りを教えるという夢を持っていました。二人の夢を実現させるためには、この家を売らなくてはいけません。だけど、査定のために不動産業者に来てもらったら、「隣に荒れた空き家があるとマイナスになる」と言われて。それから、お隣がすごく気になって。生垣は伸び放題で、消毒もしないから、害虫がブロック塀を這ってうちのほうまでくるし、二階のベランダからお隣を見下ろしたら、敷地内にゴミが吹きだまりのようになっているし……。風で飛んできたチラシやペットボトルだと思うんですが、住人がいないとそういうのも片づかないんですよ。お隣は門扉がないから、紙やビニールが風に舞って庭に入り込むんです。それで、ああいうメモをお隣の郵便受けに入れておいたんです。注意しようと思って。ええ、苦情じゃありません。注意、いえ、お願いです。あの日、お隣さんが久しぶりに帰省したらしく、暗くなってからうちに来ました。はなからケンカ腰だったんですよ。こちらが生垣の件を切り出す前に、「いくら空き家だからって、勝手に門から入ったら、不法侵入になるからな」ですからね。敷地内に入って、チラシやペットボトルを拾ったのは事実です。気になって仕方なかったですから。善意でしたことです。でも、それをどこから見ていたのか……。たぶん、かまをかけたのでしょうけど、わたしがうろたえたので、確信したのでしょう。わたしを泥棒呼ばわりしたんです。あんまりじゃないですか？「空き家だからって放置しないで、ときどき帰ってちゃんと手入れしてくださいよ。でないと、こちらの資産価値が落ちますから」って言ったら、「そこまで言われる筋合いはない」ですって。岐阜の会社でよっぽど嫌なことでもあったんでしょうね、小柳さんの息子さん、底意地が悪くなったみたいで。「資産価値なんて落ちるところまで落ちればいい。とことん汚くして、お宅が売れないようにしてやる」なんて、興奮口調で言って、笑ったんです。頭に血が上りました。「待ちなさい」と、捨てゼリフを残して帰ろうとしたあの人の肩をつかみました。そしたら、小柳さんは足を滑らせて……。あの日は、玄関に折り畳んだブルーシートを置いていたんです。昼間、シートを広げて野菜を干していたんですが、片づけ忘れていました。ブルーシートの紐に靴が引っかかった小柳さんは、後ろ向きに倒れて、上がりかまちに頭をぶつけました。気を失ったのか、死んだのか、わかりませんでした。うなり声が聞こえていた気もします。怖くなったわたしは、静岡の夫に電話したんです。夜になって、夫は血相を変えて駆けつけました。そのときには小柳さんは動かなかったから、すでに亡くなっていたのかもしれません。でも、状況を聞いた夫は、「息を吹き返すかもしれないから」と言って、田舎暮らしで使う予定のスパナを持ち出すと、小柳さんの頭を何度か打ちつけました。それから、汚れた服や靴を脱がせて……。車にはわたしも乗り込みました。目的地は安曇野の北。「信州の実家が空き家になっている。管理がいき届かず、裏のサッシ戸の鍵が壊れている」という言葉を頼りに、一度も行ったことのない空き家へ死体を捨てに行ったのです。とにかく、この家から遠く離れた場所へ運んでしまいたかった。発見されるのが遅ければ遅いほどいい、と夫に言われました。それからは、雑誌でもテレビでも安曇野の光景を見ることはできなくなりました。信州安曇野も田舎暮らしの候補地の一つに挙がっていたというのに。それから、わたしのことが心配になるのか、夫はときどき様子を見に帰るようになりました。車が人の目に触れる機会が多くなると、疑われるのではないか、と不安になったわたしは、車を近くの駐車場に預けるように夫に頼みました。車も運転できない平凡な主婦を装っているかぎり、こちらに疑いの目が向けられるはずはない、と思っていたんです。あのメモのことは気になっていました。小柳さんの所持品も探してみたんですが、見つからなくて……。

美並は、警察医のアシスタントではあるが、刑事ではない。したがって、長谷川夫人をじかに取り調べたわけではない。「警察医のアシスタントの役得」で、刑事の大久保から仕入れた情報とマスコミの情報を総合して、〈こんな供述がされたのではないか〉と、勝手に想像しただけである。

しかし、勝手な想像とはいえ、頭の中で何度も繰り返しているうちに、それはいつしか、夫の帰りを待ちわびつつ、「田舎暮らし」を夢見ていた一人の主婦の生の声に膨らんでいった。

「事件が解決してよかったですね」

展望台には無料の望遠鏡が設置されている。誰でも無料で北アルプス連峰の大パノラマを見てください、というサービスだ。美並は、その望遠鏡の台に上がった大久保に言った。

「そうですね。平和でのどかな安曇野の地、のままであってほしいものです」

「このままずっと、死体検案の要請がなければいいですね」

それだとわたしが「帰郷」した意味がないか、と思ったが、平和な安曇野であればそれに越したことはない。「帰省」してから警察署からの検死の呼び出しは一度もなく、いまのところ、美並は望月内科医院で祖父の龍太郎と机を並べて、一緒に診療に当たっているのである。「大先生」「若先生」と、患者や従業員に呼び分けられながら。

望遠鏡をのぞこうとした大久保の胸あたりで音楽が鳴った。携帯電話を受けた大久保は、「そういうわけにもいかないようですよ」と言ってため息をつくと、眉根を寄せてこう続けた。

「新行《しんぎょう》の手前の雑木林で、変死体が発見されたそうです」

15

右手からはパンの焼ける香ばしい匂いが、左手からは木の香りが漂ってくる。

朋子は、八木沢と木製ベンチに並んで腰かけながら、ログハウスの建物の中にいながらにして森林浴気分を味わっていた。

右手はパン工房で、左手は家具工房。二つの工房をつなぐスペースに木製のベンチと長テーブルと食器類をおさめたキャビネットが置かれ、語らいの場、くつろぎの場となっている。余計な装飾は一切ない。大きくくりぬかれた窓からの眺めが、一枚の絵のような役割を果たしている。赤や黄や緑に色づいた木々が秋の涼やかな風を受けて、森全体が燃えるように揺れている。

「いいですね、こんなきれいな自然の中にいると、何でもおいしく感じられそうです」

パン工房の女性職人の話を聞き終えて感想を言うと、

「だから、わたしの焼くパンでさえ『おいしい』と言ってもらえるんですよ」

と、パン職人は笑った。

「ごめんなさい、そんなつもりで言ったんじゃないんです」

「わかっています。ズブの素人でも、好きならここまでできる、そう言いたかったんですよ」

頭にバンダナを巻いた化粧っけのないパン職人は、意に介さない様子で首を左右に振る。

東京生まれで東京育ちの彼女は、二十六歳で結婚するまで、将来、田舎で暮らすことなど夢にも思わなかったという。大学卒業後、同期入社したシステムエンジニアと結婚したときも、このままずっといまの仕事を続けるだろうと考えていたという。ところが、五年後、夫が突然会社を辞めて、「家具職人になる」と言い出した。昔から手先を使う作業が好きで、木工が得意だったのだという。彼女は反対したものの、「ものを作る仕事がしたい」という彼の気持ちは理解できた。夫は失業保険を使って職業訓練校に入り、木工技術を学んだ。夫の新たな才能が開花したのは、彼女も見ていてわかった。夫は推薦される形で、松本市内の家具工房に職を得ることができた。そこで修業すること六年。安曇野の北、大町市に工房を兼ねた安価なログハウスの自宅を建てたのだった。家を建てる際には、もちろん、彼女も自分の貯金や退職金を提供した。無垢の木材を使ったオーダーメイドの家具は、手間暇かかるためそれなりに高価だ。注文が途切れずに入るはずがなかった。生活を維持するために、彼女も市内の菓子店にパートに出た。だが、四十歳を目前に妊娠してしまった。高齢出産でもあり、自転車での通勤がしにくくなって、パート勤めを辞めざるを得なくなった。家にいたあいだ、いろんな人が助けてくれたという。近所の人が米や野菜を届けてくれたり、夫に子供の勉強机を作ってもらった人が育児支援に関する行政の情報を提供してくれたり。それで、子供が生まれるまでのあいだ、彼女は趣味だったパン作りの勉強を自宅ですることにした。パンを焼くのに必要な調理台は夫が作ってくれたし、親しくなった陶芸好きの地元の友人がピザを焼く石窯まで作ってくれた。生まれた子供を保育園に預けて、彼女はパン作りに専念した。最初は、「おいしいから分けて」と言う近所の人や友達の分を作る程度だったが、「こんなにおいしいのにもったいない。もっと宣伝したら」とまわりに勧められて、夫に棚と売り場を作ってもらい、チラシも配った。

――そうやって、夢中でパンを焼いているうちに、気がついたら、注文を受けて保育園や高齢者施設などにまとまった数を納品するほどになっていたんですよ。

という顚末らしい。ライターとして取材に来たわけではなかったから、ボイスレコーダーに録音したり、メモをとったりはしなかったが、朋子は要点をしっかり頭に刻み込んだ。現在の人気商品は、天然酵母のくるみパンと、大きな石窯で焼く地元の野菜や燻製ハムを使ったピザだという。

「これが人気のくるみパンです。おみやげにどうぞ」

話し終えたパン職人は、赤いリボンのかけられた透明なセロハンの包みを朋子に手渡した。ふっくらと焼きあがった柔らかそうなパンが五つ入っている。

「ありがとうございます」

朋子が恐縮して受け取ると、

「くるみパンをくるみのベンチに座って食べる。それがぼくの理想だったんですよ」

と、よく通る声で語りながら、左手の工房から彼女の夫——家具職人が現れた。「そのベンチはくるみの木を使っています。半年置いて乾燥させて、歪みをなくしてから製作すると、割れるおそれもなくなります」

「ああ、これはどうも」

それまで聞き役に徹していた八木沢が、次は自分がインタビューする番、というように立ち上がった。そして、いままで座っていたベンチを「とても座り心地のいい椅子ですね」と褒めた。

＊

「荒療治かもしれないけど、いっそのこと、安曇野からスタートしようよ」

そう言い出したのは、八木沢だった。あの事件以来、朋子は、「安曇野」や「大町」などの地名を避けるようにしていたのだ。

日本各地の自治体で、「田舎暮らし体験ツアー」を行っているという情報を入手した八木沢は、二人の休みに合わせて独自のプランをたてた。その一つが「都会から長野県大町市に移住した夫婦に体験談を聞く」プランだった。『みもりの工房』と名づけられた工房は、家具職人の夫とパン職人の妻である森村《もりむら》夫妻が営んでいる。「みもり」は、当然ながら、美しい森の意味も含んでいるという。八木沢は、『みもりの工房』のことを雑誌で知ったという。面識もないのに「ぜひ会いたい」と電話をかけたら、すぐに了解を得たというが、それを聞いた朋子は、八木沢の「山岳ガイド」の肩書きの威力に驚きもしたし、感謝もした。

家具職人の夫は、自分がインタビューされているくせに、山岳ガイドの仕事に興味を持って、逆に八木沢を質問攻めにしていた……。

「どう？　安曇野は気に入った？」

『みもりの工房』を辞去して車に乗り込むと、八木沢が聞いた。

「田舎暮らしの候補地になる？」

「それはどうかな」

と、朋子は曖昧な答えを返した。まだ事件のショックから完全に立ち直れたわけではない。ここ安曇野の北——大町市に住むとしたら、ふとしたおりに死んだ小柳の記憶がよみがえってしまいそうだ。

事件は解決した。小柳を殺害し、遺体を安曇野の空き家に捨てたのは、やはりあの長谷川夫妻で、朋子が拉致された理由も、ほぼ自由を奪われた状態で推理したとおりだった。「隣人トラブルが招いた悲劇」と、事件について書いた週刊誌もあった。犯行に使われた凶器や被害者が所持していたものなどは、まだ処分されずに、長谷川夫妻の家から見つかった。

「でも、さっきのご夫婦に出会えてよかった。好きなことなら何とかなる。そう思えたから」

——考えるより行動することですよ。何とかなります。田舎に来れば、食べるものは自給自足でまかなえるし、まわりも助けてくれます。餓死なんかしません。何より空気がおいしくて水がおいしくて森がきれい。それだけで充分じゃないですか。

別れ際、女性パン職人が「大丈夫ですよ」と、満面の笑みで朋子の肩を叩いて励ましてくれた。

「じゃあ、次はどこにしようか。信州にはこだわらない。山梨あたりでもいいよ」

カーナビに即して国道を出てバイパスに入ろうとした八木沢に、

「市内を一周して帰りましょう」

と、朋子は提案した。このまままっすぐ東京に帰るのに一抹の寂しさを覚えたのだ。

八木沢は、理由も聞かずに、朋子の言うとおりにしてくれた。

どこをどう走っているのかわからないが、どこを走っても、北アルプスは定位置に堂々とそびえたち、こちらを見下ろしている。寺や神社や墓地、コンビニやスーパー、病院や学校や幼稚園などの建物が視野に入っては飛び去っていく。家並みが途切れたところに駐車場があり、交差点に出た。花屋と理容店が並ぶ向かいに、昭和を思い起こさせる店構えの煙草屋があった。煙草屋の角を右に曲がり、住宅街を進むと、「望月内科医院」という白い看板が見えた。

「大きな病院もあれば、小さな医院もある。どこにでもありそうだけど、どこにもない、ここにしかない、そんな不思議な街並みね」

まどろみに引き込まれそうになるのどかさの中で、朋子は言った。

著者あとがき

＊＊＊

「北アルプスの麓《ふもと》、雪国で生まれ育った」と言うと、決まってされる二つの質問がある。まずは、「やっぱりウインタースポーツは得意ですか？」だ。得意ではないが、スキー、スケートはひととおりやった。

小学校では、体育の時間に、校庭の隅に作られた小高い雪山を滑らされた。休みの日には、病院に勤めていた父と専業主婦の母、二人の兄と家族五人で家から一番近いスキー場に通った。駅までスキーで滑って行き、そこで脱いで、スキー板を担いで電車やバスに乗るのだ。

中学校に入ったら、校庭に水を張って凍らせた天然リンクの上を、冬のあいだ延々と滑らされた。腰に手を当て、姿勢を低くして滑るスピードスケートだ。と、ここまで読んでお気づきの方も多いだろう。「滑らされた」と書いているように、スキーもスケートもわたしは好きではなかった。いや、はっきり言って嫌いだった。とにかく寒い。指導者はひたすら滑るのを強いるだけの専門外の教師だから、上達もしない。上達しなければ、やる気も出ない。

次にされる質問が「やっぱり登山はお好きですか？」だ。登山経験は人生で一度だけ。中学二年生のときに、学年行事で燕岳（つばくろだけ・2763メートル）に登らされた。当時、学校医をしていた父も「病人なんか出ないだろう」と、ピクニック気分で同行した。山頂に到着し、集合写真を撮った。山小屋の夕食はカレーだった。どういうわけか夜中、お腹がしくしく痛み出した。同室の友達がわたしの制止を振り切って、先生たちの部屋へ父を呼びに行った。飛んで来た父は、お腹を押さえてうずくまっている娘を見て、「何だ、患者はおまえか」と呆れた顔で言った。太い指でとんとんと腹部を叩かれているうちに、安心したのだろう、自然と痛みが治まっていった。

北アルプスの麓で育っても、スキーもスケートも登山も嫌いな人間はいるのだ。そんなわたしがこのごろは帰省するたび、真っ白い雪を頂いた北アルプスを飽きもせずに眺めている。

たった一度きりの登山経験を懐かしく語り合う父も、今年八十七歳。学校医はとっくに辞めたが、診療所はまだ続けている。

＊＊＊

昨年の春、信濃毎日新聞の朝刊に「新津きよみのミステリー的日常」と題したエッセイを連載したうちの、第三回「北アルプスの麓」である。

そこにも書いたように、本格的な登山経験は一度きりで、その一度で登山は懲りてしまった。もう二度と登るものか、と登っている最中に決めたのだから、よほど十四歳の少女にはつらい経験だったのだろう。もっとも、山を下るときは友達と楽しく会話しながら下った記憶があるので、登山は嫌いでも、下山は好きなほうかもしれない。とはいえ、山を下るには登らなくてはいけないわけで、やっぱり、登山は苦手だと言っておこう。

しかし、ただの「山歩き」なら数えきれないほどしている。中学時代には、本書にも出てくる鷹狩山の中腹まではしょっちゅう歩いたし、当時の遠足はバスなど使わず、木崎湖まで黙々と歩いたものだ。高校時代の遠足も美ヶ原高原や上高地で、当然、平らではないところをとにかくよく歩いた。若いころに足腰をしっかり鍛えておいたおかげで、いまもその蓄えがあって脚力が衰えずにいるのだ、と自負している。

ちなみに、長野県は長寿県として知られ、最新の厚生労働省の国勢調査では男女ともに平均寿命が全国一位になった。大町市のお隣の松川村は、村部門で男性一位に輝いた。長寿の条件は、バランスのとれた食事と適度な運動と生きがいを持つことだという。両親を含めて郷里の人たちを見ていると、なるほどとうなずける点がたくさんある。

——つねに近くにあると、そのよさに気づきにくい。

わたしにとって、まさに北アルプスがそういう存在だった。大学進学のために上京するまで住んでいた大町市では、朝起きて二階の窓を開けると、目の前に屛風のようにそそり立つ北アルプスの山々があった。蓮華岳は間近に大きくゆったりと、種まき爺さんの爺ケ岳は親しみやすく、二つの峰の鹿島槍ケ岳は威容を誇って。その三つの山の名は、母校の中学校の校歌に織り込まれていたから絶対に忘れない。

そこにあるのがあたりまえの存在でも、改めて眺めるとすばらしく美しい。

——いまこそ書くべきだ。

年齢を重ねて、ようやくそういう気持ちになれた。

大町警察署の嘱託医を三十年にわたって務めた父は、今年米寿を迎えた。エッセイが載ったあとに、「〇〇校の校医はしているぞ」と言われたので、そこは「学校医をふたたび務めている」と訂正しよう。医院もまだ閉じてはいない。

長野県大町市は、今年市制施行六十年を迎える。そういう記念すべき年に、郷里を舞台にした小説が出せるのは素直に喜ばしい。最近の新聞記事に「警察嘱託医は全国に約四千人」とあった。本書の主人公望月美並も、祖父の龍太郎の指導を受けながら、一人前の警察嘱託医に育っていくことだろう。

今後も、彼女の活躍に期待してください。

作品に登場する人物・組織は架空のものです。
同一の名前が実在しても、実際の組織、人物とは関係ありません。

光文社文庫

文庫書下ろし

帰《き》　郷《きょう》　三《さん》世《せ》代《だい》警《けい》察《さつ》医《い》物語《ものがたり》

著　者　新《にい》津《つ》きよみ

2014年8月20日　初版1刷発行

発行者　鈴　木　広　和
印　刷　堀　内　印　刷
製　本　フォーネット社

発行所　株式会社　光　文　社
〒112-8011　東京都文京区音羽1-16-6
電話（03）5395-8149　編　集　部
8116　書籍販売部
8125　業　務　部

落丁本・乱丁本は業務部にご連絡くだされば、お取替えいたします。
ISBN978-4-334-76783-9　Printed in Japan

組版　萩原印刷

お願い　光文社文庫をお読みになって、いかがでございましたか。「読後の感想」を編集部あてに、ぜひお送りください。
　このほか光文社文庫では、どんな本をお読みになりましたか。これから、どういう本をご希望ですか。どの本も、誤植がないようつとめていますが、もしお気づきの点がございましたら、お教えください。ご職業、ご年齢などもお書きそえいただければ幸いです。当社の規定により本来の目的以外に使用せず、大切に扱わせていただきます。

光文社文庫編集部